화
염
의

탑

炎の塔 / 古川薫 - 文藝春秋社

화염의 탑 1 (큰글씨책)

초판 1쇄 발행 2018년 1월 30일

지은이 후루카와 가오루
옮긴이 조정민
펴낸이 강수걸
편집장 권경옥
펴낸곳 산지니
등록 2005년 2월 7일 제 333-3370000251002005000001호
주소 부산광역시 해운대구 수영강변대로 140 BCC 613호
전화 051-504-7070 | 팩스 051-507-7543
홈페이지 www.sanzinibook.com
전자우편 sanzini@sanzinibook.com
블로그 http://sanzinibook.tistory.com

ISBN 978-89-6545-481-6 04830
      978-89-6545-480-9 (세트)

* 책값은 뒤표지에 있습니다.
* 이 도서의 국립중앙도서관 출판예정도서목록(CIP)은 서지정보유통지원시스템
홈페이지(http://seoji.nl.go.kr)와 국가자료공동목록시스템(http://www.nl.go.kr/
kolisnet)에서 이용하실 수 있습니다.(CIP제어번호: CIP2018000411)

화염의 탑 ①

— 소설 오우치 요시히로 —

후루카와 가오루 지음
조정민 옮김

산지니

* 오우치 요시히로(大內義弘)

남북조(南北朝)·무로마치(室町) 전기의 무장. 규슈(九州)·주고쿠(中國)에 세력을 넓혀 스오(周防)·나가토(長門)·부젠(豊前)·이와미(石見)의 슈고(守護, 일본 봉건 시대의 지방관)가 되었다. 또한 '메이토쿠의 난(明德の亂)'에서 공을 인정받아 이즈미(和泉)·기이(紀伊)의 슈고까지 겸하게 되었고, 남북조 통일에도 공을 세웠다. 조선과 교역을 하기도 했다. 쇼군 아시카가 요시미쓰(足利義滿)와 맞서 싸우다 토벌당하고 사카이(堺)에서 전사하였다.(오에이의 난應永の亂)

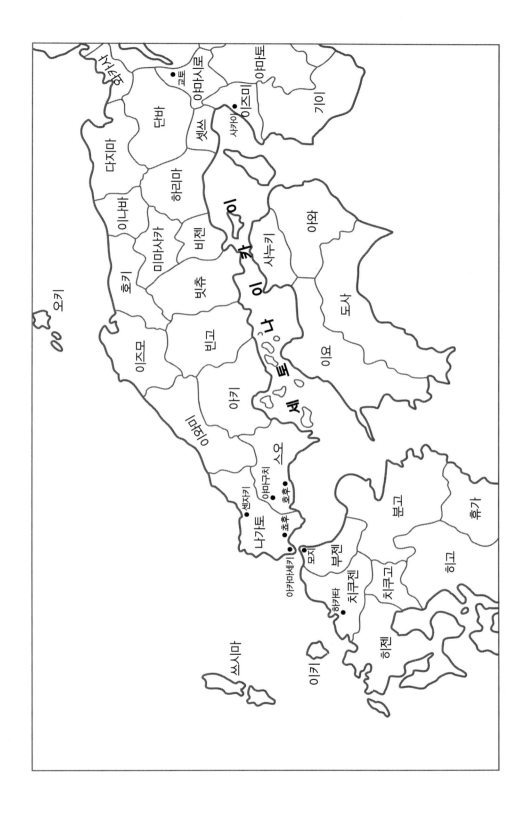

『화염의 탑』으로 세워지는
부산과 시모노세키 간의 문학적 가교

2011년 부산문화재단 주최로 한·중·일 3국이 책을 중심으로 한 '문풍(文風)'이란 주제를 내걸고 포럼을 가졌습니다. 책을 만들기 위해 원고를 마련하는 작가와 책을 만들어 공급하는 출판사, 그리고 현실적인 독자와 만나서 이루어지는 독서활동의 본질과 방법 등을 종합적으로 논의하는 자리였습니다. 이 모임에 후루카와 가오루 선생님은 일본 측 대표로 참여하여, 일본 작가로서 그동안의 활동과 함께 특별히 지역에서 활동하는 작가로서의 입장을 표명한 바가 있습니다. 그 자리에서 저는 선생님의 작품이 한국에도 소개될 수 있으면 좋겠다는 의사를 전달했습니다. 그때 바로 선생님께서는 그렇게 될 수 있으면 좋겠다는 입장을 표명하셨고, 이후 일본으로 돌아가신 이후에 지속적으로 이 사안을 서로 협의한 결과, 이렇게 한국어 번역이 이루어져 선생님의 대표작 중의 하나인 『화염의 탑』을 출간하게 되었습니다.

한국어로 번역할 작품을 선정하는 데도 선생님의 깊은 배려가 있었습니다. 다른 작품들도 있지만, 역사소설인 『화염의 탑』을 선정한 이유는 한일 간의 역사적 문화교류라는 정신이 바탕이 되었습니다. 부산과 선생님이 활동하고 계신 시모노세키 시는 서로 자매도시로서 오랜 문화교류를 해 왔지만, 그동안 문학적 교류는 실질적으로 이루어지지 못했습니다. 이제 선생님의 이 작품집이 출간됨으로써 부산과 시모노세키 간의 문학적 교류가 실질적으로 시작된 셈입니다. 앞으로 두 도시 간의 지속적이고도 활발한 문학교류를 위해 후루카와 가오루 선생님께서는 출판사와 협의하여 저작권을 모두 기부해 주셨고, 앞으로 한국어 출판 작품집에 대한 수익금도 전액 한일 간 문화교류 사업에 보태기로 하셨습니다. 두 도시 간에 시작된 이 작은 문화의 씨앗은 언젠가는 큰 나무로 자라, 한일 문화교류의 큰 숲을 이루어 가리라 믿습니다.

어려운 환경에서도 번역을 맡아 수고해 주신 조정민 선생의 번역초고를 건네받아 읽으면서, 후루카와 가오루 선생님의 역사의식과 역사소설에 대한 남다른 작가정신을 엿볼 수 있었습니다. 중앙집권의 권력에 맞서 싸우다 전사한 오우치 요시히로의 삶을 다룬 이 소설은 오늘을 사는 현대인들에게도 시사하는 바가 많아 한 번쯤 책에 시간을 투자할 가치는 충분하다고 평가합니다. 이 작품집이 국내 많은 독자들에게 읽혀 한일 간 문화교류가 활성화되는 계기가 마련되길 기대해 봅니다.

힘든 지역출판 사정에도 불구하고 한일 간의 문화교류 사업이 가지는 의미를 높이 평가하여 출판을 기꺼이 맡아 준 산지니 강수걸 대표께 감사의 마음을 전합니다. 이 책 출간으로 산지니 출판사가 지역출판권역을 넘어 동아시아를 대표하는 출판사로 발전해 갈 수 있는 계기가 마련되었으면 하는 마음이 간절합니다.

다시 한 번 후루카와 가오루 선생님의 건강과 문운을 빌며, 한국어 번역을 맡아 수려한 문장으로 작품을 재탄생시키느라 고생하신 조정민 선생, 한일 간의 매개자 역할을 감당하느라 수고하신 문화재단 김현승 선생, 그리고 산지니 출판사 실무 편집진 여러분의 노고에 대해 뜨거운 격려의 박수를 보냅니다.

2013 봄
부산문화재단 대표이사 남송우

한국어판 서문

　지난 2011년 부산에서 열린 문학포럼에 초대받았을 때, 경애
하는 남송우 부산문화재단 대표이사로부터 제 작품을 한국어로
출판하자는 제의를 받았습니다. 매우 영광스러운 일이라 생각하
고 기꺼이 승낙하였습니다.

　처음에는 나오키상 수상작인 『유랑자의 아리아』를 번역하려
고 생각했습니다만, 문득 역사소설 『화염의 탑』이 떠올랐습니다.
저는 지금까지 백제 왕족의 혈통을 주장하던 오우치씨(大內氏)
관련 소설을 여러 편 발표해 왔습니다. 한국어로 번역한다면 그
가운데서 고르는 것이 의미 있다고 생각했고, 그렇다면 발표한
지 세월이 지나기는 했지만 『화염의 탑』이 저로서는 가장 적합하
다고 생각했습니다.

　이 작품의 주인공 오우치 요시히로(大內義弘)는 무로마치 시

대, 서일본 일대를 지배한 다이묘로서, "우리 오우치씨의 선조는 백제 성명왕의 셋째 아들 임성태자이다"라고 호언한 것으로 널리 알려져 있습니다. 이와 같은 군사귀족이 부산과 가까운 야마구치 현에 본거지를 두고 활약했던 사실을, 한국 독자분들도 함께 읽어 주시면 좋겠습니다.

아시카가(足利) 막부의 쇼군 요시미쓰(義滿)는 14세기 말부터 15세기에 걸쳐 교토(京都)에 본거지를 두고 중앙집권의 권력을 휘두르며 지방 다이묘를 압박했습니다. 이에 저항한 오우치 요시히로는 1399년 센슈 사카이(泉州 堺, 현재 오사카 지역)에서 막부의 대군과 충돌한 소위 '오에이의 난(應永の亂)'에서 전사했습니다.

출격 전에 이미 패배를 예감한 그는 옛 백제의 땅으로 망명하는 걸 염두에 두고 이 같은 계획을 조선의 정종에게도 알렸다는 기록이 남아 있습니다. 중앙의 정쟁에서 패한 자가 규슈로 망명하여 재기를 노린 예는 헤이씨(平氏), 아시카가씨(足利氏)의 경우에서 찾아볼 수 있습니다만, 국외로 망명하여 재기를 꾀한 것은 오우치 요시히로가 유일합니다.

현재 야마구치 시에 남아 있는 국보 오중탑은 전사한 요시히로를 공양하기 위해 세운 것입니다. 이 작품의 제목은 여기에서 기인합니다. 문화인이자 용감했던 무장, 오우치 요시히로의 생애를 그린 역사소설 『화염의 탑』 한국어판이 일본과 한국의 친선에 작은 보탬이 되었으면 합니다.

출판에 있어서 큰 배려를 해 주신 남송우 부산문화재단 대표이사, 일본 문예춘추사(文藝春秋社)의 니시야마 요시키(西山嘉樹) 씨 및 도움을 주신 모든 분께 감사드립니다.

2013년 봄

후루카와 가오루

차례

루리코지
瑠璃光寺
에서

무로마치(室町) 시대, 전국(戰國)의 세상을 살았던 군사 귀족 오우치가 본거지를 두었던 사적(史蹟) 야마구치(山口, 현재의 야마구치 현 야마구치 시)는 주고쿠(中國) 산맥이 서쪽으로 무너져 내린 곳에 펼쳐진 분지이다. 그곳에 고찰 루리코지의 오중탑(국보)이 서 있다.

완만한 곡선을 그리는 5층 첨탑 지붕은 신록의 수림을 뚫고 나와 우아하고 아름다운 윤곽을 보이고 있다. 백 년의 풍설을 견디고 대지에 단단하게 뿌리를 내린 오중탑은 서국(西國)의 사납고 날쌘 오우치의 모습을 오늘에 이르기까지 전하고 있다.

오우치씨가 지배하던 당시, 원래 루리코지는 고샤쿠지(香積寺)라 불리었다. 오우치씨가 멸망한 다음 이 지역을 지배하게 된 모우리(毛利)씨가 절 이름을 루리코지로 바꾼 것이다. 이는 전대 지배자의 흔적을 지우기 위한 관례이기도 하지만, 고대 조선의 문화국가인 백제 왕족의 자손이라는 것을 자랑스럽게 여기던 오우치씨 제25대 당주, 오우치 요시히로를 공양하기 위해 세운 오중탑이 있는 절에 걸맞은 화려한 이름으로 변신했다고 볼 수 있다.

야마구치는 '작은 교토(小京都)'라는 다른 이름을 가지고 있다. 일본의 수도였던 교토를 본따 마을을 만든 것은 야마구치만이 아니다. '작은 교토'라 불리는 곳은 전국 여기저기에 흩어져 있다. 이는 크고 작은 영지를 가진 무장들이 교토를 동경했음과 동시에 강렬한 중앙 지향성을 가지고 있었음을 알 수 있게 하는 대목이다.

그들 다이묘(大名)는 교토에서 중앙 집권의 정권을 장악한 아시카가(足利) 막부로부터 분권 지배를 허락받은 슈고(守護, 일본 봉건 시대의 지방관)로서 지방을 차지하고 있었다. 백제왕 성명(聖明)의 셋째 아들 임성태자(琳聖太子)가 자신의 선조라고 주장하는 오우치 요시히로는 당시 쇄국상태에 있던 조선왕국과 무역을 하는 특권을 누리며 부를 늘려 중앙 막부와도 대항할 수 있는 세력으로 등극했다.

결국에는 무력 충돌이 발생하여 요시히로는 2만의 병사를 이끌고 출격, 교토에서 가까운 센슈 사카이에서 막부의 15만 대군과 대결했다. 여기에서 패한 요시히로는 장렬하게 죽음을 맞이하였지만, 이로써 오우치씨가 멸망한 것은 결코 아니었다.

야마구치를 중심으로 북부 규슈, 주고쿠 지방에 걸친 광대한 영토를 떠나면서 요시히로는 동생 모리하루(盛見, 모리미라고도

함)에게 '만일 자신이 패하더라도 결코 아시카가 막부에 굴해서
는 안 된다. 반드시 오우치 독립을 사수하라'고 유언을 남겼다.

모리하루가 새로운 영주가 된 오우치 일족은 아시카가 막부
의 억압에 저항하며 전과 다름없이 서쪽에서 세력을 떨쳤기 때문
에, 막부도 모리하루의 슈고직 계승을 인정하고 타협할 수밖에
없었다.

오중탑은 사카이에서 전사한 요시히로를 공양하기 위해 유족
이 세운 것으로, 막강한 경제력과 수준 높은 문화를 자랑하는 오
우치씨의 본거지 '작은 교토 야마구치'의 상징으로 널리 알려져
있다.

오중탑은 불교와 함께 인도에서 유입된 것이다. 이 불탑은 그
자체로도 수려하지만 주위를 감싼 자연과 조화를 이루는 데서도
그 아름다움이 우러난다. 가까이 다가가 올려다보면 처마 안쪽
의 정교한 목각 짜임과 함께 날렵하게 살짝 들린 노송나무 껍질
지붕, 뾰족하게 솟은 금속 장식의 상륜을 확인할 수 있다. 그것
은 햇볕을 받아 찬연하게 빛나는 거대한 금색 바늘처럼 모밀잣
밤나무 가지 사이로 보이는 맑은 창공을 찌르고 있다.

이 탑은 오우치 모리하루가 형 요시히로의 명복을 빌기 위해
건립에 착수했지만, 그 와중에 모리하루가 규슈의 쇼니(少貳)씨
와의 전투에서 전사했기 때문에 가키쓰(嘉吉) 2년(1400년) 요시
히로의 아들 모치요(持世)의 손에 의해 완성되었다. 그러나 모치
요 역시 완성 직전의 해에 쇼군 요시노리(義教) 암살사건에 연루

되어 목숨을 잃었기 때문에 훌륭하게 완성된 오중탑을 보지는 못했다.

5층의 지붕은 아래에서부터 지(地), 수(水), 화(火), 풍(風), 공(空)을 의미하는 것으로, 우주를 생성하는 다섯 가지 요소로 구성되어 있다. 장대한 꿈을 실현하기 위해 용감하게 걸음을 내딛는 가운데 죽음을 맞이한 요시히로의 영혼이 이 탑에 의해 분해되고 환생하여 다시 오우치씨의 야망을 달성하기를 바라는 마음이 담겨 있는 것이다.

오우치 요시히로라는 강인한 무장의 죽음이 그 일족에게는 더없는 용기가 되는 것처럼, 루리코지의 오중탑은 작은 교토 일각에 우뚝 서 있다. 낮게 뻗은 지붕이 저녁 해를 받아 화염 토기와 같이 타오르는 불길을 연상시킬 때, 오우치 전사들에게 있어서 그것은 보이지 않는 적을 향하여 투지를 불태우게 만드는, 마성의 혀를 널름거리는 화염의 탑이었던 것이다.

육백 년의 세월이 지났지만 탑은 여전히 늠름한 자태를 보이고 있다. 전란 시기의 불길한 정념은 풍화되고 아름다운 형상만이 남았지만, 지금도 여전히 이 탑의 주인은 오우치 요시히로이다.

전투의 나날을 보내며 화려한 세계를 환영과 같이 펼쳐 보인 오우치씨의 궤적은 열여섯에 처음으로 전장에 나간 이후 삼십 년에 이르는 세월 동안 서국의 전야를 누빈 요시히로의 패업이 출발점이지만, 그 전에 이 이야기의 배경인 남북조 시대의 난세에 대해 개괄적으로 이야기해 두어야 하겠다.

한마디로 말해서 남북조 시대란 14세기, 교토의 '북조'와 요시노(吉野)의 '남조'가 대립하여 사회 여러 계층이 약 60년간 동란의 세월을 보낸 것을 가리킨다.

미나모토의 요리토모(源賴朝)가 가마쿠라(鎌倉) 막부—막부(幕府)라는 것은 무가 정치의 정청, 또는 무가정권 그 자체를 말함—를 일으켜 무사가 국정의 실권을 잡을 수 있게 된 12세기 초부터 천황의 '조정'은 유명무실한 존재가 되어 버렸다.

미나모토의 정권이 멸망한 다음 일시적으로 조정이 실권을 다시 잡은 '겐무(建武)의 신정(新政)'이 실현되기는 했지만 불과 2년 만에 정권은 다시 무사의 손에 넘어가고 말았다.

규슈에서 힘을 기른 쇼군 아시카가 다카우지(足利尊氏)가 교토로 들어간 겐무 3년(1336년), 고다이고 천황(後醍醐天皇)은 교토를 탈출하여 요시노에 조정을 열었다. 이것이 남조이다. '미야가타(宮方)'라고도 한다.

새로운 무가정권은 아시카가 다카우지 손에 돌아갔고, 그가 교토의 무로마치에 본거지를 두었기 때문에 무로마치 막부라고도 불렀다. 교토에서 다카우지가 옹립한 고메이 천황(光明天皇)의 조정을 북조라 하고, 이를 '부케가타(武家方)'라고도 한다.

농민에서 무력집단으로 성장한 무사들은 북조·남조의 전통적 권위를 이용하여 표면적으로는 조정의 신하를 가장했지만 실제로는 정치의 실권을 잡고 서로 패권을 다투었다.

남조는 긴키(近畿)와 규슈 일부에 세력을 유지하고 있을 뿐, 전체적으로는 북조의 아시카가씨가 우세하였고 무사의 대부분은 아시카가 막부로부터 슈고를 임명받아 분국 지배를 하고 있었다. 이를 슈고 다이묘(守護大名)라 한다. 오우치씨 역시 아시카가 막부의 슈고 다이묘였다. 오우치씨는 북부 규슈에 세력을 펼치던 남조의 기쿠치(菊池)씨와 대립하여 때로는 본토에서 규슈에 이르기까지 무력 충돌하기도 했고, 동시에 규슈의 영토 확대를 꾀하기도 했다.

오우치 요시히로의 생애를 그린 화염의 탑 이야기는 그가 마고타로(孫太郎)라는 이름으로 야마구치 분지의 들을 뛰어다니던 소년 시절부터 시작된다.

부
자
상
극

치쿠시노筑紫野

강한 햇빛에 반짝이는 세토나이카이(瀨戸內海)의 다타라(多々良) 바닷가, 그리고 폐허와 같은 정적이 감도는 스오고쿠후(周防國府)의 마을, 야마구치 분지에서 남쪽으로 떨어진 오우치의 고향에서 마고타로는 호족의 적자로 자랐다.

활달하고 총명한 소년으로 성장하던 마고타로를 부친 히로요(弘世)는 눈을 가늘게 뜨고 바라보고 있었다. 히로요는 시골 영주에서 한 걸음 한 걸음 나아가 이윽고 부케가타(북조)의 스오(周防), 나가토(長門)의 슈고직을 차지했다.

'부케가타'라고 미리 언급해 두는 것은 '미야가타', 즉 남조의 슈고가 있었기 때문이다. 당시는 남북조 쟁란이 한창이었다. 남조(미야가타)와 북조(즉 교토 무로마치에 막부를 둔 부케가타)로 세력이 나뉘어 무수한 공방이 반복되던 시절이었던 것이다.

무로마치 막부의 3대 쇼군 아시카가 요시미쓰(足利義滿)에 이르러서도 30년간 이어진 전란은 그칠 줄 몰랐고, 오히려 더욱 거세졌다.

그러한 때인 오안(應安) 4년(1371년) 9월, 스오·나가토의 슈고 오우치 히로요는 교토에서 서하(西下)하던 이마가와 료슌(今川了俊, 사다요貞世라고도 함)이 보낸 사자를 맞이하게 되었다. 료슌은 무로마치 막부가 새로이 임명한 규슈 단다이(探題, 지방장관)로서 현지로 향하고 있었는데 스오에도 들리고자 한다는 것이었다.

"규슈에서 전쟁이 다시 한판 벌어지겠군."

히로요는 커다란 몸집을 뒤로 젖히며 호방하게 웃고는 뒤에 서 있는 마고타로를 바라보았다.

"슬슬 전장에 데리고 나가 볼까."

당시 마고타로는 열여섯이었다. 부친을 닮아 체격이 우람했다. 열여섯이라고는 믿기지 않을 정도로 사나운 골격을 가지고 있었다.

"가고 싶습니다."

마고타로는 변성기의 굵고 탁한 목소리로 답했다.

"첫 싸움을 훌륭하게 장식하도록 해라."

이렇게 말하면서 히로요가 일순간 얼굴을 찌푸린 것은 7년 전인 쇼헤이(正平) 19년(1364년), 고토(厚東)씨를 좇아 규슈로 출격했을 때, 기쿠치군의 대반격으로 패주한 일이 떠올랐기 때문이다. 아직 아홉 살이었던 마고타로는 관례도 치르지 않았고 출진할 수 있는 상황도 아니었다.

'이 아이가 그런 패전을 첫 싸움으로 경험하지 않아 다행이다.'

히로요는 그렇게 생각했다.

싸움에서는 졌지만 그 뒤 히로요의 행동은 실로 재빨랐다. 슈고직 배명 인사를 명목으로 교토에 올라가 쇼군에게 호화로운 물건을 헌상했다. 규슈에서 패한 일은 전혀 언급하지 않고 서국의 실력자답게 호기롭게 행동했다.

교토에 머무르면서 부교(奉行, 무로마치 시대의 행정 부서 우두머리), 효죠슈(評定衆, 직명의 하나. 정청에서 합의제에 의해 결정하던 직)의 윗선은 물론, 밑으로는 사루가쿠(猿樂, 헤이안平安 시대에 유행하던 민중예능의 총칭, 노가쿠能樂의 옛 이름)의 연기자나 둔세자에 이르기까지 어마어마한 돈을 뿌렸다. 시골 출신이라고 뒤에서 험담하는 이가 없었던 것은 아니었지만, 나름의 효과는 금세 나타났다. 이 해에 히로요는 이와미(石見)국(구니國, 고대부터 근세에 이르기까지 사용된 행정구획) 슈고직을 겸하게 되었던 것이다.

나가토국의 미야가타 슈고 고토씨는 오우치씨에 저항하였지만, 히로요에게 공격당하여 규슈로 도망치던 와중에 어느 틈엔가 소멸해 버리고 말았다. 히로요는 이로써 스오와 나가토 통일의 숙원을 달성하고, 나아가 이와미의 영토마저 점령하게 되었다.

전쟁에서는 강한 것만이 능사가 아니다. 그는 언젠가 자신의 뒤를 이을 마고타로에게 이러한 술책도 가르쳐 주려고 생각하고 있었다. 그리고 그 기회가 찾아왔다. 규슈 단다이 이마가와 료슌의 서하가 바로 그것이었다.

스오에 들러 오우치씨와 접촉하려는 료슌의 목적을 히로요는 이미 알고 있었다. 규슈 경략에 대한 협조를 구할 참인 것이다. 당시 북부 규슈에서는 기쿠치씨를 필두로 한 남조 세력이 기세를 떨치고 있었다. 그들을 진압하여 무로마치 막부의 위엄에 굴복시키는 것이 료슌의 사명인 것이다.

'어찌 하면 좋을까.'

히로요는 궁리를 거듭하고 있었다. 이미 쓴맛을 본 적이 있는 기쿠치씨에게 보복의 일격을 가해 줄 마음도 있었다. 그러나 고토씨가 멸망하고 나가토국의 영지가 확정된 이상에는 일부러 규슈에까지 전쟁을 몰고 갈 이유가 적어도 오우치씨에게는 없었다.

규슈와 나가토 사이에는 해협이 있다. 바다라는 것은 신기하게도 강과 비슷한 폭이라 하더라도 분명한 격절감이 있어서 확연한 국경이 된다.

기쿠치군이 한 번 세를 몰아 해협을 건너 오우치군을 추격한 일은 있었지만, 끈질긴 공격은 피하고 곧 후퇴하였다. 바다를 건너 본토를 침공하려는 움직임이 규슈 호족 사이에 보이지 않고, 또 오우치 쪽이 전쟁을 시작하지 않는다면 평화는 유지될 것이다.

이마가와 료슌은 부케가타 진영에 속한 히로요가 규슈의 미야가타 세력을 토벌하려는 단다이에게 힘을 실어 주는 것이 당연하다고 생각하고 있을 것이다. 그러나 히로요에게 있어 남조나

북조는 아무래도 좋은 것이었다. 실제로 히로요는 예전에는 남조 측에 서 있었지만, 고토씨와 대항하면서 북조로 돌아섰다. 그것을 변절이라 생각하고 있을 여유는 없었다. 남조와 북조의 싸움이 일으키는 풍운에 떠돌며, 오로지 자신의 세력을 얼마나 넓힐 수 있는지에 대해 생각하는 것은 누구나 마찬가지였다. 그것이 바로 중앙 권력의 쟁탈과는 무관한 먼 지방의 호족들이 살아남는 난세의 지혜였다.

신임 규슈 단다이인 이마가와 료슌이 이제 곧 조력을 구하러 도착할 것이다.

'그냥 적당히 도와줄까.'

단다이의 수족이 되어 희생을 치르고 규슈 세력과 싸워 본들, 그 공적은 모두 료슌이 독점하게 될 것이다. 그렇다고 해서 완전히 비협조적으로 행동하는 것은 쇼군에게 밉보여 나중에 불리하게 작용할 수 있다. 게다가 모처럼 막부 기구의 일단을 잡은 이 기회를 쉽게 놓칠 수는 없는 법이었다. 역시 적당히 해 두는 것이 현명한 방법이라고 히로요는 생각을 굳혔다.

규슈 단다이 협력 건으로 마고타로와 의견이 갈라져 결국 심각한 부자간의 대립이 일어나게 될 것임을 이즈음의 히로요는 꿈에도 생각하지 못했다. 분명 새로운 규슈 단다이의 부임은 오우치씨에게 중대한 변화를 일으킨 사건이었다.

사절을 보내고 약 열흘 뒤, 이마가와 료슌은 미타지리(三田尻)에 나타났다. 산요도(山陽道, 옛 일본의 8도 중 하나)를 여행하듯이 즐겁게 천천히 내려온 모양이었다. 수십 명을 거느리고 온 만큼, 해당 지역의 북조가 호위를 이어 맡았다. 아키(安藝)에서 스오까지는 모우리씨가 담당하였다.

일행을 맞이한 히로요는 부하들을 사원에 나누어 숙박시키고 료슌은 측근들과 함께 관아 인근의 스케도노 야시키(介殿屋敷)에 묵게 했다.

오우치씨는 대대로 관아의 재청(在廳)관인이면서 한편으로는 이 지방의 무사단 전체를 통솔하는 지위에 올라 있었다. 그렇다고는 하지만 겨우 스오 곤노스케(權介, 율령제에 정해져 있지 않은 임시직 벼슬)에 머물러 있을 뿐이었다.

율령제 전성기, 행정 관청의 소재지로 번화했던 미타지리는 겐페이(源平) 쟁패가 결착되어 무가정권이 확립된 이후 급속히 쇠퇴해 갔다. 그와 전후하여 오우치씨는 귀족이 지배하는 고쿠후(國府)를 경원시하고 조금씩 내륙을 향해 들어가 오우치의 고향으로 본거지를 옮겼다. 지금의 호후(防府)에서 약 20킬로미터 떨어진 야마구치 오우치미호리(大內御堀)에 야카타(館, 정무를 보는 정청 겸 저택)를 두었던 것이다. 이리하여 오우치노스케(大內介)가 된다. 오우치 성을 사용하게 된 것은 그 이후부터이다. 원래는 '다타라'라는 성도 함께 쓰고 있었다.

필요에 따라 오우치의 야카타나 고쿠후의 스케도노 야시키를 오갔지만, 료슌이 찾아왔을 무렵 히로요의 눈은 야마구치 분지에 머물러 있었고 또한 그곳에 새로운 야카타를 지으려 하고 있었다. 즉 오우치씨는 오우치 고향에서 더욱 북쪽으로 올라가, 분지의 중심에 본거지를 두려 했던 것이다. 히로요가 규슈 출병에 적극적인 태도를 취하지 않은 것도 그 때문이었다.

이마가와 료슌은 마흔대여섯 살 정도 되었을까. 오우치 히로요와는 거의 동년배에 가까웠다. 그리고 놀랍게도 민머리였다. 2대 쇼군 요시아키라(義詮)가 죽었을 때 삭발하여 사다요(貞世)라 개명하고 료슌이라는 호를 붙였다.

료슌은 피부가 희고 코가 높았다. 비유하자면 궁정 귀족과 같은 부드러운 얼굴을 하고 있었다. 하지만 눈만큼은 역시 무장다웠다. 말을 할 때 상대를 보는 눈은 대단히 날카로웠는데, 머리카락이 없기 때문에 넓은 이마나 눈동자의 움직임이 더욱 눈에 띄었다.

"역시 고쿠후구나. 산세가 매우 좋아."

료슌은 기분 좋게 말했다. 미타지리를 둘러싼 산은 높지는 않았지만 기복이 심한 능선을 그리고 있었다. 역시, 하고 히로요는 생각했다. 그리고 빈틈없는 료슌의 안목에 문득 경계심이 들기도 했다.

다음 날, 료슌은 히로요의 안내로 고쿠분지(國分寺)와 텐만구(天滿宮)에 참배하였다.

"음…… 꽤 훌륭하군."

고쿠분지의 인왕문을 지나 눈앞을 막아선 금당을 보고 료슌이 말했다. 건물은 덴표(天平) 시대의 것이다. 하지만 히로요는 그다지 관심이 없었다.

금당에 안치된 불상을 보고 료슌은 더 감탄하며 격찬했다. 어슴푸레한 수미단(須彌壇) 중앙에 앉은 6척의 약사여래와 양쪽의 닛코(日光)·겟코(月光) 보살은 헤이안 시대의 작품으로 그 자태가 우아하고 아름답다고 했다. 그래도 히로요는 그다지 흥미가 일지 않았다.

'역시 불문(佛門)에 든 사람은 잘 알고 있구나.' 하고 생각하며 히로요는 불상을 가만히 바라보는 료슌 옆에서 하는 일 없이 기다리고 있었다. 그러나 마고타로는 달랐다. 우쭐거리며 설명하는 료슌 옆에서 들어주는 역할을 자처했다.

"어디를 보면 어느 시대 작품인지 알 수 있습니까?"라는 질문 등을 하기도 한다.

"이 옷의 주름을 보거라. 이것은 혼바에몬(飜派衣文)이라 하여……."

료슌은 열심히 설명을 들으려는 어린 마고타로의 태도에 호의를 가졌고, 친밀감 있는 말투로 대답해 주었다. 이러한 마고타로의 태도가 만족스러워 히로요는 혼자 빙긋이 웃기도 했다.

텐만구에서는 예전에 스가와라 미치자네(菅原道眞)가 다자이후(大宰府)로 귀양 오던 길에 미타지리에 상륙하여 휴식을 취한 바 있다고 마고타로가 설명했다.

"나도 이제 다자이후에 가야 하는데, 스가와라 미치자네와 꼭 같구나." 하고 료슌은 웃으며 돌연 히로요에게 시선을 돌렸다.

"아니, 그것은……."

당황한 히로요가 애매한 대답을 하자,

"이마가와 님은 적을 무찌르러 가는 무장이십니다. 유배 온 스가와라 미치자네와는 다릅니다."

마고타로가 쾌활한 목소리로 대답을 한다.

"그렇지, 그런 처지는 아니지."

료슌이 진지한 얼굴로 말했다.

다자이후에는 가네나가 신노(懷良親王)를 옹립한 기쿠치군을 중심으로, 강력한 남조 세력이 일찍부터 들어와 있었다. 무로마치 막부는 지금까지 규슈 단다이로서 잇시키 노리우지(一色範氏), 시바 우지쓰네(斯波氏經), 시부카와 요시유키(澁川義行) 등을 연이어 임명하였지만, 남조 세력을 막을 수는 없었다. 통일정권을 목표로 하던 쇼군 요시미쓰에게 규슈 평정은 무엇보다도 시급한 일이었다. 그런 까닭으로 결국 이마가와 료슌이 기용된 것이다.

히로요는 이 대사(大事)에 오우치씨를 개입시키고자 하는 그의 속내를 알고 있으면서도, 그런 일은 모른다는 듯이 환대했다. 료슌 또한 여유롭게 응하는 자세를 취했지만, 때로는 웃음 속에 이야기의 핵심을 노출시키기도 했다. 범상하지 않은 지략의 편린을 보이고 있었던 것이다.

료슌이 스오에 입성한 지 한 달이나 지났을 무렵이었다. 10월 초, 빈고(備後), 아키, 이와미에서 병사 약 삼천 명이 도착하였다. 이러한 병력이 밀어닥칠 것을 히로요가 예상하지 못했던 것은 료슌이 아무런 말도 하지 않았기 때문이다. 실제로 잠시 들른 것 치고는 꽤 체재 기간이 길었다. 료슌은 태평하게 쉬면서 좀처럼 자리를 뜨려고 하지 않았다. 오우치씨의 출동에 대해서도 전혀 말을 꺼내지 않았다.

제일 처음 료슌이 데리고 온 것은 직속 부하 오십 명뿐이었다.

'이 사람들만으로 규슈를 토벌할 셈인가.'

실망한 히로요는 출병에 대해 모르는 척하기로 했다. 그리고 또 한 달이 지났다.

료슌은 기다리고 있었던 것이다. 내심 조바심이 났을 것이다. 빈고, 아키의 병사들은 준비하는 데 시간이 필요하다는 말을 할 뿐, 아무리 시간이 지나도 오지 않았다. 이와미에서 병사가 도착하기는 했지만 마지못해 온 듯한 태도를 노골적으로 보이고 있었다.

한편, 료슌은 출병 계획을 숨기며 오우치 히로요의 의향을 살피고 있었다. 나를 시험하여 본 것인가, 하고 생각하니 히로요는 불쾌해졌다.

"오우치 도노는 몇 명의 병사를 보내줄 것입니까. 이제 속내를 꺼내 보여 주시지요."

빈정거리는 말투로도 들리고 존대하는 말투로도 들렸다. 군

사가 갖추어지고 나니 급변하는 료슌의 태도가 히로요는 역겨
웠다.

"사천 명."

히로요는 망설임 없이 대답했다. 이천 명이면 충분하다고 생
각했지만 마고타로의 첫 전쟁을 장식하기 위해서는 가능한 모든
노력을 하고 싶었다.

"황공하게도."

료슌에게도 사천 명이라는 대답은 의외였다.

"곧 나의 동생이 천 명의 기사와 함께 올 것입니다. 쵸후(長府)
에서 합류하기로 했습니다."

가즈사(上総)국의 슈고 이마가와 나카아키(今川仲秋)는 료슌
의 동생이었다. 그가 군사를 몰고 온다는 사실도 처음 듣는 이야
기였다.

'아무래도 이 양반과는 마음이 안 맞을 같군.'

불길한 예감이 히로요의 가슴을 덮쳤다. 앞으로도 계속 봐야
할 상대라고 생각하니 마음이 무거워졌다. 마고타로에게 오우치
의 사천 병사를 이끌게 하고 자신은 뒤에서 지켜보며 가능한 한
직접 지휘하지 않기로 했다. 그렇게 해야 료슌과의 접촉을 줄일
수 있다고 생각했다.

겉으로는 "마고타로에게는 첫 출전이니까요." 하고 말하며 속
내를 감추었다.

규슈 단다이 이마가와 료슌이 이끄는 군사가 미타지리를 떠난 것은 10월 8일 새벽이었다. 그날 저녁 나가토고쿠후—쵸후에 입성했다.

그곳도 엉망이었다. 30년 전 남북조의 대립이 막 시작되었을 즈음, 쵸후에 있던 나가토 단다이를 남조 세력이 공격하여 마을은 전쟁의 불길에 휩싸였다.

료슌은 본진을 골짜기에 있는 쵸후쿠지(長福寺)에 두고 느긋하게 쉬면서 약 두 달 동안 쵸후에서 지냈다. 동생 나카아키가 병사를 데리고 오는 것을 기다리기 위해서였다.

나카아키는 10월 말경에 도착하였다. 그래도 료슌이 자리를 뜰 기미를 보이지 않자, 나카아키가 먼저 선봉하는 의미로 규슈로 떠났다.

"이마가와 도노는 태평이시군. 마치 전쟁을 하고 싶지 않은 듯해."

히로요가 어느 날 그렇게 말하고 웃자, "뭔가 끊임없이 붓을 움직이고 계세요."라며 마고타로가 의외의 말을 내뱉었다. 료슌은 백지를 묶은 책자를 펼쳐 작은 글자를 부지런히 적고 있다고 했다.

"편지가 아닐까?"

"그런 것 같지는 않아요."

"무슨 일을 하고 계신지 도무지 잘 모르겠구나."

히로요는 료슌이 붓을 움직이고 있다는 말을 듣고, 쇼군에게 보고하기 위해 편지를 쓰고 있는 것은 아닌가, 하고 상상했다.

'그렇다면 조금은 비위를 맞추어 주어야겠군.' 하고 순간적으로 판단했다. 히로요는 선대 쇼군이었던 요시아키라를 교토에서 만난 적이 있었지만, 지금의 쇼군인 요시미쓰는 아직 만난 바가 없다. 료슌의 보고 가운데는 오우치의 사정도 포함되어 있을 것이다. 때문에 어느 정도는 신경이 쓰인다. 그러나 만약 료슌이 매일 밤늦게까지 등잔 아래에서 쓰고 있는 게 편지가 아니라면…… 대체 무엇일까.

며칠이 지난 어느 날, 마고타로는 커다란 발견이라도 한 듯이 히로요에게 보고했다. 료슌이 쓰고 있는 것은 편지가 아니라 여행 일기라고 하였다.

"교토를 떠난 이후의 크고 작은 견문을 모조리 기록하고 있답니다. 여행 길의 풍경에 대해 조금 읽어 주셨는데, 무척이나 흥미로웠습니다."

"음……, 그래?"

히로요는 쓴웃음을 지었다.

'무장 주제에 귀족 흉내를 내다니.' 하고 말하고 싶었지만 마고타로가 매우 감동한 모습을 하고 있었기에 입을 다물고 말았다.

여행 일기 때문만은 아니겠지만 약 두 달 정도 쵸후에 머물고 난 뒤, 12월 19일 료슌은 해협을 건너 규슈 땅을 밟았다. 등 뒤에서 부는 싸라기 눈바람을 맞으며 군사는 치쿠시(筑紫)를 향했다.

'어차피 서두를 필요가 없다면 봄까지 기다리면 될 것을……, 일부러 한창 추운 계절을 택하여 고된 전쟁을 치르는 이유가 뭘까.'

히로요는 이마가와 료슌이 하는 행동이 마음에 들지 않았다. 자신이 일군의 선두에 서서 지휘하는 것과 달리, 누군가의 지휘 아래에 들어가는 것도 그에게는 익숙치 않는 일이었다.

마고타로는 역시 첫 출장이라 긴장하고 있는 듯했다. 말을 료슌 가까이에 대는가 생각했더니 다시 히로요 쪽으로 다가온다. 그는 료슌에 대한 아버지의 자세를 이미 간파하고 있었고 또 나름의 배려도 하고 있었던 것이다.

꽤 혹독한 날씨였다. 고쿠라(小倉) 주변은 눈보라가 치고 있었다. 눈도 제법 쌓이기 시작하여 이대로 가면 말이나 사람이나 모두 선 채로 죽음을 맞이할 뿐이다. 눈보라 속에서 선발대 나카아키가 보낸 사자와 만나게 되었다. 행군은 소용없다고 했다. 나카아키는 다자이후에 접근하기는 했지만, 근년에 보기 드문 강설로 공격이 불리하다고 판단하고 있었다.

다자이후는 오노야마(大野山) 남쪽 기슭 일대, 치쿠시노에 있던 고대 정청(政廳)의 부지이다. 북쪽을 오노 성(大野城), 남쪽을 기이 성(基肄城), 평야부를 미즈키 성(水城)으로 가로막은 도성으로, 규슈 전역을 관할하는 정치, 경제, 군사의 총독부였다.

율령제의 쇠퇴와 함께 점차 폐허에 가까워지고 있었지만 당시만 해도 규슈 경영의 중심 역할을 수행하고 있었다. 남북조 세력은 다자이후 쟁탈에 피를 흘리고 있었던 것이다.

무로마치 막부는 이곳에 규슈 단다이를 두기는 했지만 이미 기쿠치씨에게 공격당해 철퇴한 상태였다. 잇시키 노리우지(一色範氏)가 단다이직을 맡을 때였다. 그 후로는 기쿠치씨를 주력으로 하는 남조 쪽이 다자이후에 '세이세이후(征西府)'를 두었다. 이마가와 료슌의 사명은 다자이후에서 남조 세력을 몰아내는 것을 우선으로 하여 막부의 규슈 단다이를 회복하는 데 있었다.

나카아키의 의견에 따라 료슌은 이듬해 봄, 치쿠시노에도 봄기운이 완연할 때 팔천의 병사를 이끌고 다자이후를 맹공격했다.

겨우내 힘을 비축해 두었던 병사들은 그 원기가 실로 왕성하였다. 이마가와 료슌이 이끄는 막부군은 치쿠시노를 빠져나가 얼어붙은 땅에서 겨우 싹을 틔운 풀들의 눈을 짓밟으며 순식간에 다자이후를 탈환했다.

그 가운데서도 오우치군 사천 병사의 활약은 눈부셨다. 얼마간 료슌을 경원시하던 오우치도 전쟁이 시작되자 달라졌다. 모질고 사나운 투지를 불태운 것이다. 저항하는 기쿠치군을 습격하며 가슴 한구석에 남아 있던 원한을 풀었다.

히로요는 첫 출장인 마고타로 가까이에서 전쟁의 계산법을 알려 주었다.

"잘 봐 두거라." 하며 때로는 스스로 적진에 들어가 살육의 검을 휘둘러 보이기도 했다. 사자분신(獅子奮迅)이란 히로요의 모습을 이르는 말이었다. 그의 모습은 새끼사자에게 싸움법을 전수하는 아비사자의 모습과도 같았다. 난세의 무장이 자식에게 보이는, 사납고 용맹스러운 애정의 표시였다. 대장이 후방에서 지휘만 하는 것이 아니라 선두에 서서 싸울 정도로 사기가 충만해 있음을 마고타로는 이 전장에서 느낄 수 있었다.

다자이후에 규슈 단다이의 거점을 회복한 이마가와 료슌은 세를 몰아 기쿠치씨 토멸을 계획하였다. 히고(肥後)로 들어가 미즈시마(水島)에 진을 친 것은 에이와(永和) 원년(1375년) 8월이었다.

그곳에서 '규슈 삼인방'이라 불리는 쇼니(小貳), 오토모(大友), 시마즈(島津)에게 내원을 청한 것은 그들이 반 기쿠치 입장에 서 있었기 때문이었다. 단다이의 제안에 답한 오토모, 시마즈는 즉시 와 주었지만 쇼니는 좀처럼 모습을 나타내지 않았다.

"후유스케(冬資)는 아직 오지 않았는가."

평소의 료슌답지 않게 초조해했다. 다자이후 근처의 우치야마 성(有智山城), 우라노 성(浦ノ城)에 본거지를 둔 쇼니씨가 제일 먼저 와 줄 것이라고 생각했지만 그 기대는 어긋나고 말았다. 이것이 그를 초조하게 만든 이유이기도 하지만, 기쿠치씨를 적대시하는 쇼니씨가 료슌의 다자이후 공격을 방관하고 있던 것도 마음에 걸렸다.

쇼니씨는 자신의 명예를 지키기 위해 남조에 붙다가 북조에 붙는 등, 미묘한 행동을 보여 왔다. 그러나 지금은 오우치씨와 함께 기쿠치씨에게 대항하고 있는 것이 분명했다. 게다가 쇼니 후유스케는 히로요의 딸과 혼인한 상태였다. 마고타로의 자형인 셈이다. 그러한 후유스케가 오우치군도 동참하고 있는 다자이후 공격을 외면한다는 것은 뭔가 석연치 않은 일이다.

쇼니 후유스케는 꽤 늦게서야 미즈시마 진지에 모습을 나타냈다. 용모가 수려하고 위풍당당한 무장이었다. 가마쿠라 쇼군의 직속 무사로서 규슈에 파견된 자로, 대대로 다자이쇼니(大宰少貳, 다자이후의 관명으로 차관급에 해당)를 세습해 온 가문의 당주에 걸맞은 관록을 보이고 있었다. 그런 후유스케가 료슌과 대면하게 된 것이다.

"길을 둘러 오신 모양입니다."

료슌은 웃으면서 비꼬듯이 말했다.

"그렇지 않습니다."

후유스케는 웃음기를 찾을 수 없는 얼굴로 불끈 성내듯이 말했다. 규슈 단다이와 대등한 기품으로 맞서고 있었다. 다자이쇼니로서 오랜 세월 동안 치쿠젠 일대를 영유해 온 쇼니씨는 남조건 북조건 자신의 영토를 침범한 자는 용서치 않겠다는 생각을 굽힌 적이 없다. 규슈 단다이의 설치도 매우 불만이었기 때문에 료슌의 명령에도 빨리 대응하지 않았던 것이다.

지금은 일단 북조에 속해 있는 듯이 행동하고 있지만, 그것은 세력을 확장하고 있는 기쿠치씨와 대항하기 위한 처신일 뿐, 독자적인 입장을 취하고 있었다.

"어찌 되었건, 잘 오셨습니다."

료슌은 조금 자세를 낮추어 말했다. 그리고 삼인방이 모두 모인 자리에서 술 한잔 대접하고 싶다며, 그날 밤 주요 무장들을 불러 모아 진중에서 잔치를 열었다.

히로요와 마고타로 부자도 초대받아 나갔다. 모두 혈족 관계이니 마음을 열고 이야기할 기회가 될 것이라 예상했지만, 그때 충격적인 사건이 일어나 모두를 놀라게 했다. 자리가 한창 무르익을 즈음, 잔에 가득 찬 술을 호쾌하게 마시던 쇼니 후유스케가 갑자기 피를 토하며 쓰러진 것이다.

"계략이었군!"

후유스케는 고통스럽게 숨을 내쉬고는 얼굴을 들어 료슌을 가리키며 이렇게 외치고 절명해 버렸다.

"단다이에 대해 다른 생각을 품고 있어 죽일 수밖에 없었다."

떠들석해진 자리에서 료슌은 이 한마디 말을 남긴 채 경호를 받으며 재빨리 자리를 떠났다.

작은 교토 야마구치

에이와 2년(1376년) 여름, 오우치 히로요는 야마구치에 머물고 있었다. 신축한 야카타는 자리를 잡아 갔고, 점차 시가지가 형성되어 가는 것을 만족스럽게 여기던 차였다.

야카타 앞에 동서로 가로지르는 길에는 '오도노오지(大殿大路)'라고 거창한 이름을 붙였다. 그 길과 직각으로 만나는 일직선의 긴 도로는 다테고지(竪小路)라 하고, 나머지는 바둑판과 같은 길을 종횡으로 만들 계획이었다. 야마구치 분지는 거의 논밭이거나 참억새가 자라는 황무지였다. 때문에 새로운 마을 만들기는 백지에 그림을 그리는 것과 같아서, 자신이 원하는 대로 구상하고 실현하는 일이 가능했다. 히로요는 이 점이 썩 마음에 들었다.

이전에 쇼군 요시아키라를 만나기 위해 상경했을 때, 히로요는 처음으로 도회라는 것을 접해 보았다. 왕도를 품은 화려한 교토 분지의 모습을 눈을 크게 뜨고 살펴보면서 그 지형이 야마구치와 닮았다는 생각이 들었을 때부터 이미 계획은 그의 가슴속

에서 점점 자라고 있었다. 분지 중앙에 흐르는 이치노사카가와(一ノ坂川)를 교토의 가모가와(鴨川)에 빗대어 작은 교토를 만드는 사업은 히로요 이후 오우치씨 대대로 이어졌다.

히로요는 한 배는 아니지만 남녀 여덟 명씩, 총 열여섯 명의 자식을 두었다. 차남, 사남이 요절했기 때문에 장남인 마고타로 밑에 미쓰히로(滿弘, 삼남), 히로마사(弘正, 오남), 모리하루(盛見, 육남), 히로모치(弘茂, 칠남, 新介라고도 함), 히로쥬(弘十, 팔남) 등 여섯 명의 아들이 있었다.

딸 여덟 명은 쇼니와 오토모 등의 명망 있는 가문에 각각 시집보냈다. 쇼니 후유스케의 아내가 된 것은 장녀였다. 후유스케는 미시마 진지에서 이마가와 료슌에게 모살당한 인물이다. 히로요는 자신의 사위가 독을 품고 혼절하는 장면을 두 눈으로 똑똑히 보았던 것이다.

"무슨 일이냐."

자리에서 물러난 히로요가 마고타로에게 물었다. 분노라고 하기보다는 혐오에 가까운 말투로 내뱉었다.

"후유스케 도노가 조금 빨리 오셨어야 했습니다. 다자이후를 공격할 때에 모른 체하던 것을 저는 좀 이상하다고 생각했습니다."

마고타로는 료슌을 약간 변호하듯이 말했다.

"너는 네 누나의 남편이 그런 보복을 당했는데 분하지도 않느냐."

"억울하기는 합니다만, 오우치의 사람들이 싸움에 임하고 있는데도 가만히 지켜만 보는 후유스케 도노의 속내를 알 수가 없다고 아버지께서도 말씀하시지 않았습니까?"

"그것과는 다르지. 그렇다면 너는 후유스케가 죽어도 마땅하다는 것이냐?"

"이심을 품고 있다고 오해받을 만했습니다."

"……."

히로요는 무언가 무서운 것을 발견이라도 한 듯이 마고타로의 얼굴을 응시했다. 그리고 아무 말도 하지 않았다.

규슈 단다이가 다자이후에 가까스로 자리 잡은 것을 확인하자, 히로요는 사천 명의 오우치 병사를 이끌고 야마구치로 돌아왔다. 마고타로는 아버지에게 한동안 료슌의 지휘하에 있어야 하지 않겠느냐고 진언했지만, 아버지가 반대하자 주장을 굽히고 함께 야마구치로 돌아왔다.

쇼니 후유스케 독살 사건이 결정적인 계기가 되어 히로요는 이마가와 료슌을 기피하게 되었고, 결국 규슈 단다이에게 등을 돌리고 말았다. 역시 이 사건에서 신뢰를 잃은 시마즈도 군대를 철수시켜 버렸다.

이마가와 료슌은 우선은 규슈의 남조 세력을 장악하게 되었지만, 이후에 세를 만회한 기쿠치씨 때문에 고전하게 된다. 료슌은 히로요에게 직접 원조를 청하지 않고 교토의 쇼군에게 고충을 털어놓으며 처리를 부탁했다. 그의 생각대로 쇼군 요시미쓰는 오우치씨에게 료슌을 원조하라는 명을 편지로 보냈다. 그러나 히로요는 좀처럼 움직이려 들지 않았다.

"규슈에 병사를 보내도록 합시다."

견디다 못한 마고타로가 히로요에게 말했다.

"신경 쓰지 말거라."

"쇼군의 명령입니다."

"아무리 명령이라도 자국을 위험에 처하게 만들면서까지 원군을 보낼 수는 없는 법이다. 요즘 아키의 움직임이 심상치 않지 않느냐."

"그것은 아버님이 아키를 노리고 있기 때문 아닙니까. 우리 쪽에서 먼저 시작하지 않으면 전쟁은 일어나지 않을 것입니다."

"아무튼 이마가와를 도와주는 일은 싫다. 게다가 규슈에 가면 쇼니와 싸우게 될 것이다."

독살당한 후유스케의 동생 요리즈미(賴澄)가 우치야마 성에 틀어박혀 규슈 단다이에게 반기를 들고 있다고 한다.

"기쿠치씨와 적대하던 쇼니씨를 그렇게 처리한 것은 료슌의 실책이다."

"그건 좀 다르지 않습니까?"

첫 전장 이후 한층 성장하여 열아홉이라는 실제 나이보다 성숙하고 침착해진 마고타로가 처음으로 아버지에게 반론을 제기했다.

치쿠젠을 자신의 영토로 생각하고 있던 쇼니씨는 원래부터 규슈 단다이에게 악의를 품고 있었다. 단다이의 부름에 후유스케가 일부러 늦게 간 것도 그러한 의사를 표시하기 위함이었다. 처음부터 화근을 없애 버리려 한 료슌의 판단도 일리는 있었다.

"너는 심하게 이마가와 편을 들고 있구나."

히로요는 호탕하게 웃어 보였지만 눈만큼은 매서웠다.

야마구치 분지의 여름 역시 교토와 닮아 더위가 지독했다. 삼면을 둘러싼 산 위의 적란운이 조금도 움직이지 않는 날이 지속되었다. 찌는 듯한 무더위 속에서 아버지와 아들은 땀을 흘리며 간담이 서늘해지는 대화를 주고받았다.

"아무튼 다자이후에 가야만 합니다."

"이마가와를 도와줄 마음은 없다."

"지금은 좋고 싫음이 아니라 막부의 명령을 따라야 할 때입니다. 오우치의 충성심을 보여 주는 일은 매우 중요합니다."

"천하는 막부만의 것이 아니다. 미야가타 세력도 있다. 무슨 일이 생기면 미야가타 쪽으로 옮겨야 할 수도 있어. 나는 지금까지 그렇게 처신해 왔다."

"미야가타 세력은 이미 쇠하였습니다. 규슈에서 이미 기쿠치씨가 고립되지 않았습니까."

"그 고립된 기쿠치씨와 쇼니씨가 한편이 되었기 때문에 규슈 단다이는 지금 비명을 지르고 있다."

"결국 기쿠치씨도 그렇고 쇼니씨도 숨통이 끊겨 규슈는 막부에 의해 통일될 게 분명합니다."

"너는 아직 어리다. 이마가와의 호언장담에 속아 그런 생각이 드는 거겠지. 아직 정해진 바도 없는데 오우치가를 걸고 싸울 수는 없다."

착실하게 작은 돌을 쌓듯이 노력한 결과 스오와 나가토의 지배권을 장악하고 야마구치에 본거지까지 두게 된 것을 히로요는 만족스러워했다. 지금은 그 이상의 파란을 피하고, 조용히 힘을 기르고 싶은 것이다.

생각해 보면 히로요의 아버지 히로유키(弘幸)는 무기력한 인물이었다. 숙부 나가히로(長弘)에게 적류(嫡流)의 지위를 무시당했던 것이다. 나가히로는 히로유키, 히로요 부자를 밀어내고 스오국의 슈고직을 빼앗아 버렸다. 성인이 된 히로요는 나가히로를 멸망시켜 아버지의 해묵은 한을 풀고 오우치가의 정통을 회복시켰다.

히로유키에 비하면 히로요는 패기와 정치력을 갖추고 있었다. 남북조의 전쟁에 편승하여 위축되어 있던 오우치의 세력을 나가토국으로까지 확장하였던 것이다. 그런 히로요를 아들인 마고타로가 압박하고 있었다.

'나를 닮지 않았어.'

히로요는 뭔가 숙명과도 같은 것을 느꼈다. 젊음을 믿고 스스로 규슈의 쟁란에 뛰어들려고 하는 마고타로의 무서운 체취에, 그는 어떤 두려움 같은 것을 느끼고 있었다.

특히 히로요의 마음에 들지 않는 것은 마고타로가 이마가와 료슌을 깊이 신뢰하고 있다는 점이었다. 히로요가 료슌에 대해 반발심을 일으키는 것은, 료슌이 세련된 교양을 자랑하며 거만한 태도로 시골 다이묘 히로요를 대하기 때문만은 아니었다. 그 음습한 성격이 견딜 수 없었다. 쇼니 후유스케의 독살은 료슌의 음험한 성격에서 비롯된 것이며, 또 오우치씨의 존재를 가볍게 여기고 있기 때문에 벌어진 일이라 생각했다.

혐오는 곧 증오로 바뀐다. 아무리 자식이지만 그런 료슌을 흠모하는 마고타로가 히로요는 역겨웠다.

"규슈에 병사를 보내야만 합니다."

초조해진 마고타로는 같은 말만 계속 반복하였다.

"그렇다면 군사 오백 명을 너에게 맡기겠다. 가거라."

결국 히로요가 의지를 굽히고 말았다.

"오백 명입니까?"

"납득하지 못하겠다면 그만두도록 해라."

"아닙니다. 그렇다면 나이토(內藤), 스기(杉), 스에(陶)를 붙여 주실 수 있으신지요?"

"오우치의 주요 무장들을 모두 출장시킬 수는 없다. 스기 시게쓰라(杉重運), 스에 히로나가(陶弘長)만 데리고 가거라."

"히라이 미치스케(平井道助), 노가미 부젠(野上豊前)도 함께 데려가고 싶습니다."

"……."

"그들은 규슈에서 싸우고 싶다고 했습니다."

"네가 교사했겠지."

히로요는 조소하는 말투로 마고타로를 비난했다.

말문이 막힌 마고타로의 낯빛이 바뀌었다.

"우치야마 성에는 쇼니 요리즈미가 틀어박혀 있어. 분명 그를 공격하는 전쟁에 가담하게 될 것이다. 각오는 되어 있겠지. 요리즈미는 후유스케의 동생이라는 사실을 단단히 기억해 두어라."

히로요는 집요하게 비아냥거렸다.

"쇼니건 기쿠치건, 눈앞의 적은 모조리 없애 버리겠습니다."

"친형제라 해도?"

"그것은 흔히 있는 일입니다. 아버지가 숙부를 쓰러뜨린 것과 같습니다⋯⋯."

"친형제라 해도 말이냐?"

히로요는 다시 한 번 확인했다. 마고타로는 분명한 말투로 당당하게 답했다.

"친형제라 해도 마찬가집니다."

"대단한 마음가짐이구나."

"대단하다고 하셨습니까? 저 마고타로는 추한 마음가짐이라 생각하지만, 이것이 세상사라면 도리가 없다고 생각하는 수밖에요."

"됐다. 네가 생각한 대로 행동하거라. 나는 나대로 행동에 옮길 터이니."

"무엇을 말입니까?"

"네가 신경 쓸 일은 아니다. 너는 규슈에서 뜻대로 싸워 오우치의 이름을 드높이도록 해라. 목숨을 아까워해서는 아니 될 것이야. 집안에는 아직 다섯 명의 남자가 남아 있다."

목숨을 아끼지 말라는 말은 출전하는 아들을 격려하기 위해 한 것이지만, 집안에 아직 다섯 명의 남자가 있다고 덧붙인 것은 사족이었다. 그것은 네가 대를 잇지 않을 수도 있다는 선고와 마찬가지였기 때문이다. 즉, 아버지의 뜻을 거스르는 아들에게는 영주의 자리를 물려 줄 수 없음을 암시하는 말로 받아들여질 수 있다. 규슈 출병을 서두르는 마고타로를 히로요는 어지간히 마음에 두고 있었던 것이다. 출전 직전의 자식과 끈덕진 감정을 주고받으면서 히로요는 단단히 결심한 것이 있었다.

마고타로는 오백 명의 군사를 이끌고 무더운 야마구치를 출발하여 이마가와 료슌이 원조를 기다리는 규슈로 향했다.

가인歌人의 전야戰野

　　기쿠치군에 포위된 다자이후는 위기에 처해 있었다.

　　막부의 명령을 받은 아키의 모우리 모토하루(毛利元春) 병사 삼천 명이 달려왔고, 여기에 오우치 마고타로의 오백 명 군사가 합세하여 그 포위망을 뚫었다. 이때에는 오토모씨의 신병도 도착하여 힘을 더해 주어 규슈 단다이는 단숨에 열세를 면하였다.

　　"우치야마 성의 쇼니가 눈엣가시다. 이참에 없애 버리고 싶다."

　　이마가와 료슌이 말했다. 예상한 대로였다. 여러 무장이 모인 자리에서 심경을 밝히면서 료슌은 마고타로를 흘끗 쳐다보았다.

　　"저희 군사 오백 명이 앞장서겠습니다."

　　마고타로가 즉답했다. 어차피 공격에 가담해야 한다면 뒤에서 헤매다 묘한 의심을 받느니 차라리 앞장서는 편이 낫다고 생각했던 것이다.

　　"음, 좋소. 나카아키의 병사도 배정할 터이니 합세하도록."

　　기분이 좋아진 료슌은 일동을 죽 훑어보면서 말했다.

　　"규슈 단다이로서 본인의 노력은 물거품이 되었소. 많은 병사들이 기쿠치 세력에 밀려 목숨을 잃었소이다. 염치도 없이 이 자리에 앉아 있기만 한다면 쇼군의 노여움을 사게 될 것이고, 또 다른 집안의 비웃음거리가 될 것이 분명하오. 다시 한 번 싸워 쇼니를 물리치고 기쿠치를 퇴치하고자 하니, 모두 힘을 빌려 주시게."

료슌은 온순하게 머리를 숙이며 말했다.

우치야마 성은 다자이쇼니 무토씨에 의해 축조된 성으로서, 이중의 보루와 해자가 둘러치고 있는 요새이다. 쇼니 성을 쓰기 시작한 무토의 자손들이 대대로 이 성벽을 지키고 있었다. 기쿠치씨와 싸워 낙성한 일도 있었지만 지금은 기쿠치와 서로 마음을 합하여 규슈 단다이에 대항하고 있다. 다자이후에 있어서는 위협적인 존재인 것이다.

우치야마 성 공격은 7월 말부터 시작되었다. 이마가와 료슌의 동생인 나카아키의 군사 일천 명과 오우치 군사 오백 명이 정면을 습격하고, 료슌이 자국 엔슈(遠州, 도토미遠江국의 다른 말)에서 부른 오천 명의 군사와 오토모의 군사 사천 명이 측면에서 공격하였다.

더위가 기승을 부리는 가운데, 땀과 피가 범벅이 되는 전쟁이 열닷새 정도 이어졌지만 끝날 기미가 보이지 않았다. 소문과 같이 대단한 요새였다. 성 안에는 쇼니의 가신뿐만 아니라 꽤 많은 기쿠치 군사도 숨어서 완강하게 버티고 있었다.

마고타로에게는 스에 히로나가, 스기 시게쓰라, 히라이 미치스케, 노가미 부젠 등의 장수 네 명이 따르고 있었다.

미치스케가 말했다.

"듣자 하니 예전에 이 성을 기쿠치가 함락시켰을 때에는 배신자가 나와 기쿠치군을 성 안으로 끌어들였다 합니다. 같은 방법으로 오테몬(大手門)을 열어야 합니다. 그렇지 않고 보루를 넘어 공격하기에는 많은 희생이 따릅니다."

"좋은 수가 있는가?"

"사흘만 시간을 주십시오."

미치스케는 부하 몇 명을 데리고 본진에서 나갔다. 그가 다시 모습을 나타낸 것은 이틀 뒤였다. 웃으며 가슴을 치는 걸 보니 일이 잘 풀린 모양이었다.

"내일 아침 진시(오전 8시)에 오테몬이 열릴 것입니다. 제일 앞줄에 나오는 사람 열 명은 눈감아 주기로 약속했습니다. 그들과 교대로 돌진하면 됩니다."

미치스케는 자세히 작전을 설명했다.

"그렇다고는 하나, 어떻게 성 안으로 통할 수 있단 말입니까?"

스에 히로나가가 물었다.

"쇼니 후유스케의 가신 일족이 양분되어 단다이 쪽으로 귀순한 사람과 성 안에 남아 있는 사람으로 나뉘었다 들었습니다. 그걸 이용하시면 됩니다."

두 사람이 성으로 잠입하여 '곧 교토에서 출발한 쇼군의 군사 오만이 도착할 것이다. 귀순할 의향이 있다면 지금이 기회다. 문을 열고 나오면 목숨만은 보장한다.'고 일족을 설득하였다 한다.

예상대로 성 안으로부터 책략 성공의 회신을 받았다며 미치스케는 화살 편지를 펼쳐 보였다.

밤사이, 마고타로의 군사는 소리를 죽이며 우치야마 성 오테몬 근처까지 접근했다. 주위는 높다란 삼나무가 울창했다. 그 가운데 한 줄기의 좁고 길게 패인 언덕길이 달리고 있었고, 막다른 곳의 오테몬 부근에는 여러 겹의 가시울타리가 쳐져 있었다.

동정을 살펴보았다. 이틀 정도 공격을 미룬 탓인지, 적은 방심한 듯 화톳불을 군데군데 피워 놓고 있을 뿐, 성내는 쥐 죽은 듯 조용했다.

군량의 햅쌀을 씹으며 대기하는 가운데, 날이 훤히 밝아왔다. 우유빛깔 빛이 나무 사이로 비스듬히 들어왔다. 빛 때문에 산속에 숨어 있던 사람들의 모습도 드러났다. 이윽고 약속한 시간이 되었다.

문이 삐걱거리더니 서서히 열리고, 약간의 틈이 벌어졌다. 성을 지키던 병사 두세 명이 불안해하며 빠져나오기 시작하자 금세 오십 명에 가까운 인원이 되었다. 그들은 황급히 가시울타리를 움직이더니 일제히 좌우로 흩어졌다. 이 기회를 놓치지 않고 오우치 병사들은 안으로 뛰어 들어가 오테몬을 활짝 열었다. 다른 병사들은 가시울타리를 제거하며 길을 넓혀 주었다.

"지금이다. 돌진!"

말에 올라타자마자 마고타로는 지시를 내렸다. 그때, "잠깐 기다리십시오!" 하고 스에 히로나가가 제동을 걸었다.

"덫일지도 모릅니다."

"왜 그렇게 생각하는가?"

"오테몬이 열렸는데도 모두 모르는 척하고 있는 게 이상합니다."

"틀림없습니다."

노가미 부젠도 소리쳤다.

"아무리 배신자가 문을 열었다고는 하지만, 일이 너무 쉽게 풀리고 있습니다. 우리 작전을 알아챈 것 같습니다."

"아마 문 저편에 병사들이 숨어 있을 것입니다. 선발이 들어오면 문을 잠그고 독 안에 든 쥐를 죽이듯 공격할 것입니다. 경솔하게 움직여서는 안 됩니다." 하고 히라이 미치스케는 말했다.

이어서 그는 "면목이 없습니다. 그러나 저는 저들과 함께 죽을 것입니다." 하고 소리치며 갑자기 달리기 시작했다. 자신이 세운 계획이 실패한다 할지라도 그 책임을 질 작정이었던 것이다. 이미 오우치의 병사들은 성문을 향해 돌진하고 있었다. 만류할 수는 없었다.

"기꺼이 덫에 걸려 주마."

마고타로는 미치스케를 따라가기 위해 채찍질을 거듭했다. 이렇게 된 이상 공격하는 수밖에 없었다. 히로나가 등 다른 장수도 뒤따랐다.

"문 뒤에 적이 있을 것이다. 먼저 그들부터 처치하라."

마고타로는 외쳤다. 오우치 병사 삼백 명이 오테몬을 지나자 예상했던 대로 문이 닫히기 시작했다. 성을 지키는 병사 수백 명이 숨어서 기다리고 있었던 것이다. 난입한 오우치군의 등 뒤에는 엄청난 화살이 몰아쳤다. 한편, 마고타로 일행은 문을 봉쇄하려는 병사들을 공격하기 시작했다. 성내에 잠복하고 있던 병사들이 돌연 모습을 드러내 일제히 공격을 퍼부었다.

"문이 닫히면 안 된다!"

명령을 내리던 마고타로는 무리 지어 오는 적들을 언월도로 베어 버리며 마음껏 활약하였다. 문은 닫히지 않았다. 이마가와 나카아키의 군사도 일제히 가세했다. 난전이었다. 마고타로 측은 문에 불을 질렀다. 쇼니 쪽은 덫을 놓았다고 생각했지만 역으로 스스로 문을 열어 적을 불러들인 셈이었다.

측면 공격도 시작되었다. 맹공을 견디지 못하고 결국 요리즈미는 자결하였으며 가신들 대부분도 뒤따라 죽었다. 일부는 기쿠치의 병사와 함께 성 밖으로 나가 치쿠고로 도망쳤다.

마고타로는 왼쪽 어깨에 화살을 맞았지만 큰 부상은 없었다. 히로나가 등 네 명의 장수도 무사했다. 그러나 부하 사십 명을 이 전쟁에서 잃고 말았다.

오우치 원군은 고작 오백 명인가, 하고 뒤에서 험담하는 사람들도 있었지만 결과적으로 사람들은 이 싸움으로 오우치군을 달리 보게 되었다.

"잘 싸워 주었소."

이마가와 료슌은 마고타로에게 칭찬을 아끼지 않았고, 이를 교토에 서신으로 알렸다.

　전쟁이 일단락된 후, 오토모의 병사들은 철수하였다.
　"기쿠치씨가 남조 세력을 결집하여 일격할지 모른다. 영지를 확고히 지켜야만 한다"는 핑계로 철수한 것이었지만, 의리를 다한 이상 남아 있을 이유가 없다는 듯한 느낌을 주었다. 료슌도 눈치는 채고 있었지만 고압적인 자세로 협력을 강요하는 것이 능사는 아니라고 생각했다. 지금은 동생 나카아키의 군사와 자신의 군사 오천 명, 아키의 군사 이천 명, 그리고 소수이지만 마고타로의 오우치군이 다자이후를 지키고 있으면 규슈 단다이의 지위는 지킬 수 있다고 판단했다.

　"마고타로 도노, 이 노래는 어떤가."
　어느 날 료슌이 웃으면서 노래를 한 수 읊어 주었다.

　'문득 떠올리네. 고향 하마나(浜名) 호숫가 다리 가을의 석양.'

　"고향을 그리워하는 노래군요."
　마고타로는 그 정도 대답밖에 할 수 없었다.
　"교토를 떠나 치쿠젠에 온 지도 3년 이상 지났소. 엔슈가 맘에 걸려. 관령(管領, 직명 중 하나. 쇼군을 보좌하며 정무를 통괄하던 벼슬) 호소카와 요리유키(細川頼之)에게 보낸 편지 말미에 이 노래를 써 보냈더니 역시나 내 기분을 알아주었소."

호소카와로부터 엔슈에 별다른 일은 없다는 답이 온 모양이었다.

"노래는 귀중한 보물과도 같군요. 말하기 어려운 것도 노래로는 전할 수 있습니다"라고 말했지만, 마고타로는 문득 아버지의 굳은 얼굴이 떠올랐다. 출발 직전의 날선 모습이 마음 한구석에 남아 있었던 것이다. 우치야마 성을 함락시킨 직후 간단한 보고서를 야마구치에 보내기는 했지만 회신이 없었다. 만약 이상한 노래를 끝에 첨부했다면, '이마가와한테 물들어서는……' 하며 조롱했을 것이다.

'나는 나대로 행동에 옮길 터이니'라던 히로요의 말도 귓전에서 떠나지 않았다. 언젠가 아버지의 의중을 확인하고는 소스라치게 놀랄 일이 있을 것이라 생각하니 마고타로는 불안해졌다. 무언가 일을 꾸미는 듯도 했지만 도무지 알 수가 없었다.

"마고타로, 노래를 배우고 싶소?"

생각에 잠겨 있던 마고타로에게 갑자기 료슌이 말을 걸었다.

도토미(遠江) 슈고 이마가와 료슌은 그 수완을 높이 평가받아 무로마치 막부의 내담 접수 역할(內談引受頭人)을 명받고 교토로 나왔다. 이는 소송 심리에 해당하는 요직이다. 그는 교토에서 귀족들과 교제를 쌓으면서 문인의 자질을 갖추려고 노력했다. 문장력도 좋고 와카(和歌), 렌가(連歌)의 실력도 상당했다.

규슈 단다이로 부임하던 길에, 교토에서 아카마가세키(赤間

關)까지의 견문을 엮은 책 『도정(道ゆきぶり)』은 훌륭한 기행문으로서 후대까지 전해지고 있다. 쇼니에 대한 공격이 끝났을 무렵 료슌이 틈틈이 『도정』 정서에 집중하는 것을 마고타로는 경외하는 마음으로 바라보았다. 원래부터 노래에 관심이 없었던 것도 아니던 차에, 료슌이 가르쳐 주겠다 하니 가벼운 마음으로 응할 수 있었다.

"교토에서는 매년 정월 19일 막부 렌가 대회가 열리오. 일간 마고타로 도노도 초대받을 것이니 지금부터 연습해 두는 것이 좋소."

11세기 말, 인세이(院政) 시대부터 시작된 렌가는 육성기를 거쳐 당시에는 당대문학으로서 확립기에 이르러 있었다. 치쿠시(筑紫) 야전에서 마고타로는 료슌에게 렌가의 기본을 배우며 아직 본 적이 없는 교토에 대하여 어렴풋한 동경을 품기 시작했다.

요시히로 아손義弘 朝臣

"이제는 마고타로라는 이름이 어울리지 않아."

이전부터 이마가와 료슌은 마고타로의 개명에 대해 생각하고 있었다. 우치야마 성을 함락시키고 나서 석 달이 지났을 즈음, 쇼군 요시미쓰의 이름 가운데 한 글자를 가져올 수 있도록 이미 허락을 구해 두었다. 모두 료슌이 적극 추천했기 때문이었다.

결국 요시미쓰의 '요시(義)'와 아버지 히로요의 '히로(弘)'를 한 자씩 가져와, '요시히로(義弘)'라고 개명하게 되었다. 아직 전장에 있던 터라 개명에 관해서 아버지 히로요와 의논하지는 못했다. 모두 료슌의 특별 조치로 이루어졌던 것이다. 히로요가 반대하지는 않을 거라고 판단한 듯했다. 결국 사후 승낙이라는 형태를 취하게 되었고, 히로요로부터는 '고맙습니다'라는 간단한 회신이 왔을 뿐이었다.

이제 '오우치 요시히로'가 된 마고타로는 이어서 부젠(豊前)국 슈고에 임명되었고, 나아가 사쿄곤노다이후(左京權大夫)라는 관직에도 오르게 되었다. 교토는 스자쿠몬(朱雀門)에서 라죠몬(羅

城門)에 이르는 스자쿠오지(朱雀大路)를 경계로 하여, 그 동서 구역을 두 개의 교시키(京職)가 관할한다. 동쪽이 사쿄(左京)다. 현재의 교토 시는 대부분 이 사쿄에 속한다. 사쿄시키의 장관이 사쿄다이후, 곤노다이후는 차관에 해당한다. 경찰권까지 포함한 요직으로, 사쿄곤노다이후의 관위는 정5위하이다.

원래 이 관직은 다이호 율령(大宝律令) 이래의 제도로, 이미 유명무실화되어 있었다. 무가가 막부 기구 가운데의 역직 외에 조정의 허명에 지나지 않는 관위, 관직을 끊임없이 요구한 것은 에도 시대 말까지 이어졌다. 이러한 고대적 권위야말로 무가정권 하의 조정을 지탱하게 만드는 것이었다.

—부젠국 슈고, 사쿄곤노다이후, 정5위하, 오우치 요시히로 아손(朝臣, あそん, 5품 이상인 사람의 성 또는 이름에 붙여 쓰는 경칭).

눈부신 칭호를 얻은 무장 한 사람이 여기에 나타난 것이다. 아버지로서는 대를 이은 출세가 당연히 기쁠 터. 그러나 히로요는 다시 태어난 것같이 변한 마고타로와 그의 전도를 크게 축복하지는 않았다. 료슌의 배려로 어느새 자신을 넘어서 버린 아들의 모습이 그의 마음을 닫히게 만들었다.

과거 미나모토 요시쓰네(源義經)가 단노우라(壇ノ浦) 전투에서 헤이케(平家)를 섬멸하고 교토로 개선했을 당시, 고시라카와 법황(後白河法皇)으로부터 게비이시(檢非違使, 치안, 풍속, 범죄 등을 전속하고 재판을 관장하던 관직) 관직을 받았는데, 가마쿠라(鎌倉)에 있던 요리토모는 아무런 의논도 없이 관직을 받은 요시쓰네의 독단에 불쾌한 심정을 감출 수 없었다. 이전부터 미묘했던 공기는 더욱 싸늘해졌고, 형제의 관계는 비극적인 결말을 예고하기도 했다.

히로요의 심경이 바로 요리토모와 같았는지도 모른다. 그러나 그는 요시히로의 아버지이다. 아무런 조건 없이 기뻐해 주리라고 기대했던 것은 요시히로의 어리광에 지나지 않으며 료슌이 경솔했기 때문이다. 어쩌면 료슌은 히로요의 입장을 이미 염두에 두고 있었는지도 모른다. 요시히로는 아버지가 원군 파견에 반대한 것을 숨기고 있었지만 료슌은 이미 알고 있었다. 히로요를 무시하는 듯 요시히로의 신분만 올린 것은 료슌의 마음이 틀어져 있다는 말이었다.

히로요의 기분은 더욱 심각했다. 개명과 관위, 관직 등은 참을 수 있었지만 부젠국 슈고라는 현실의 이권에 관한 부케가타의 지위 문제는 그냥 넘길 수 있는 것이 아니었다. 막부가 규슈 경략에 대한 오우치씨의 공로를 인정하여 부젠국을 영지로 하사한다면, 그것은 아직 활동하고 있는 히로요에게 주는 것이 마땅하다. 영지는 장남 요시히로가 대를 이을 때 상속하면 되는 것이다.

'이마가와 료슌은 우리 부자를 싸우게 만들어 하루라도 빨리 요시히로를 오우치 호주에 앉히고, 단다이의 후원자로 만들고 싶은 속셈이다.'

의심암귀(疑心暗鬼)라 했던가. 히로요가 이를 드러내고 으르렁거리는 것을 알고 있다는 듯이, 료슌은 일부러 히로요의 신경에 거슬리는 계획을 착착 진행시키고 있었다.

그것은 바로 요시히로의 연담이었다. 료슌은 자신의 동생 나카아키의 딸 미쓰히메(美津姬)를 요시히로와 결혼시키려 했다. 이에 대해서는 나카아키가 먼저 반대했다. 딸 미쓰히메는 나이가 아직 열두 살밖에 되지 않았으므로 혼사는 이삼 년 뒤에나 치르고 싶다며 주저했던 것이다. 그러나 나카아키의 본심은 따로 있었다. 그는 오우치와 같은 시골 호족이 아니라 명망 있는 집안에 딸을 보내고 싶었다. 게다가 당시에는 일진일퇴의 전쟁이 이어지고 있던 터였다. 요시히로의 목숨이 언제 달아날지 모르는 일이었다.

"요시히로가 맘에 들지 않는 것이냐."

료슌이 말했다.

"아니오. 그는 뛰어난 기량을 가진 장수로 더할 나위 없이 좋은 사윗감이라 생각합니다."

전장에서 요시히로와 몇 번이나 함께한 적이 있는 나카아키는 진심으로 그렇게 생각하였다.

"그렇다면 괜찮지 않은가. 지금 당장 결혼시키겠다는 것도 아니다. 일단 약속만 해 두고, 규슈가 정리될 때까지 기다릴 것이야."

료슌은 오우치씨의 적자를 이마가와의 혈연에 끌어들여야 한다고 집요하게 설득했다. 료슌에게 마음이 넘어온 요시히로에게 이견은 없을 터. 남은 것은 히로요의 동의를 구하는 것뿐이다.

"상의 드릴 것이 있어 스오로 가고 싶소만, 아시다시피 규슈의 사정이 좋지 못해 자리를 뜰 수 없으니 다자이후로 와 주셨으면 하오."

료슌은 대강의 사정을 이야기하며 히로요를 초청했다. 그러나 히로요로부터는 '지금 정무가 바빠 움직일 수 없으니 요시히로 건은 잘 부탁합니다'라는 자포자기식 대답이 돌아왔다.

"히로요 도노가 매우 바쁘신가 보구나. 승낙한 것으로 알고 그렇게 하도록 하지."

료슌은 언짢았지만 그런 반응을 예상하지 못한 바도 아니었다.

"무엇이 그리 바쁘신 걸까요."

요시히로는 고개를 갸웃거렸다.

"아마도 야마구치를 정리하는 데 열중하고 계시겠지. 야마구치를 서쪽의 교토로 만들려는 의지가 아니겠는가. 나도 한번 보고 싶구나."

"야마구치에 성을 쌓지 않는다고 하시니, 좀 이상합니다."

"삼면이 산으로 둘러싸여 있으니, 자연 자체가 천혜의 요새 아니겠는가."

"그리 생각하십니까."

"아무튼 규슈의 전쟁이 정리가 되면 자네도 야마구치에 돌아갈 수 있겠지. 그땐 엔슈의 미쓰히메와 함께 축언을 드리도록 하게나. 나도 동행하여 야마구치를 천천히 구경하고 싶구나."

그런 이야기를 듣고, 요시히로는 자신의 처가 될 미쓰히메를 떠올렸다.

"아직 열두 살이지만 보기 드문 미인이야. 야마구치에 시집을 올 즈음에는 더욱 여성스러워져 있을 거야."

요시히로의 호기심을 자극하듯이 료슌은 몇 번이나 같은 말을 되풀이했다.

"그런데 미쓰히메는 이 사실을 알고 있습니까."

"바보 같은 소리!"

료슌은 크게 웃으며 말했다.

"아버지 나카아키가 이미 그렇게 정한 일이 아닌가. 게다가 자네와 같은 훌륭한 남자를 보고 싫어할 여자는 없을 것이야. 안심해도 좋아."

"……."

"가능한 한 규슈에서 무훈을 쌓아야 해. 요시미쓰 쇼군께도 자네의 눈부신 활약상을 보고한 바 있어. 쇼군이 기억해 주셔서 언젠가 자네도 교토에 입성할 날이 올 게야."

료슌은 끊임없이 상대의 기분을 고양시키는 말을 늘어놓았다. 그 빈틈없는 말은 지금의 요시히로에게 유쾌하게만 들렸다.

황폐한 전장에도 늦가을은 찾아왔다. 선혈과 같은 단풍잎을 바라보는 요시히로의 눈에는 여인상이 겹쳐졌다. 아직 환영에 지나지 않은 여인이었다.

─미쓰히메.

환영이기 때문에 더욱 아름답게 여겨졌다. 이 젊은 무장의 가슴에는 여인의 모습이 스며들었다.

오우치 히로요는 적자의 연담에 대해 의논하고 싶다는 규슈 단다이 이마가와 료슌의 초청에 응하지 않았다. 정무가 바쁘다는 성의 없는 회신은 핑계에 불과했다. 요시히로는 아버지의 이러한 태도가 이상하다고 생각했다.

'야마구치에서 무슨 일이 일어나고 있음이 틀림없어.'

그는 기묘한 가슴의 고동을 느꼈다.

료슌은 아무렇지도 않은 듯 '야마구치를 정리하는 데 분주하시겠지.' 하고 말했지만, 그 역시 히로요를 의심하고 있었다. 히로요의 반항적인 자세를 대수롭게 여길 인물이 아니었던 것이다. 료슌은 곧장 사람을 보내 야마구치의 동태를 살피도록 했다. 생각했던 대로 히로요는 출병 준비를 하고 있었다.

마침 규슈 단다이의 병사들은 히고로 진격하여 기쿠치의 본거지를 공격하려던 참이었다. 히로요가 그곳에 원군을 보낸다면 사전에 제안을 했어야 마땅하다.

'돌연히 그런 일을 벌일 인물이기도 하지.'

요시히로는 속으로 그렇게 기대했지만 예상은 빗나갔다. 히로요가 아키에 출병했다는 소식이 들어온 것은 해가 바뀐 에이와 3년(1377년) 4월이었다.

아키국 침입은 이전부터 히로요가 계획했던 일이었다. 나가토의 고토씨를 섬멸한 뒤, 이어서 이와미국 슈고가 된 히로요는 기어이 아키까지 손에 넣고자 했다. 당시의 히로요는 아직 해협 건너편에 있는 규슈 영토에 야심을 품지는 않았지만, 이와미, 아키, 스오, 나가토 이 네 나라만큼은 장악하고 싶다고 절실하게 염원했다. 이 지역을 수중에 넣으면 오우치씨의 서중국 지배권은 일단 안정된다고 판단했던 것이다.

이마가와 료슌에 대한 히로요의 혐오감은 요시히로의 일과도 관련하여 극으로 치달았다. 자신의 곁을 떠나 오로지 료슌에게 충성을 다하는 아들 요시히로에 대해서도 마찬가지였다. 히로요는 먼발치에서 아들을 증오의 눈으로 바라보고 있었다. 이렇게 된 이상 규슈 단다이의 눈치를 보지 않고 자신이 원하는 일을 하겠다는 듯, 히로요는 다소 자포자기한 상태였다.

그렇다고는 하지만 같은 북조에 속해 있으면서 규슈의 남조 세력과 싸우고 있는 인근 나라의 틈을 엿본다는 것은 도리에 어긋나는 일이다. 히로요의 군사는 국경의 오세가와(小瀬川)를 건너 아키를 공격하기 시작했는데, 수비가 허술한 틈을 타 단숨에 구석까지 정복할 작정이라는 소식이 전해져 왔다.

누구보다 당황한 것은 단다이 세력의 일익을 담당하며 규슈에서 싸우고 있는 모우리의 병사 이천 명이었다. 오우치의 맏아들 요시히로는 료슌의 측근으로서 같은 전장에서 활약하고 있었다. 설마 그러한 오우치가 빈틈을 노려 영지를 침략하리라고는 꿈에도 생각하지 못했던 것이다.

'미친 짓이야.'

요시히로는 몹시 분했다.

"당장 돌아가 아버지를 만나도록 합시다."

요시히로가 말했다.

"침착하게."

료슌은 의외로 냉정했다. 일단은 상황을 구체적으로 파악하자는 것이었다. 모우리 병사 등이 동요하고 있기 때문에 히고에 대한 진격은 잠시 중지하고 대기하도록 했다.

히로요가 싸움을 준비하고 있다는 소식을 듣고 난 후 미리 일의 순서를 정해 둔 것이다. 전부터 보내 둔 첩자들이 차례로 돌아와 상황을 보고하는 바에 의하면, 히로요는 모우리씨 중에서도 남조에 가세하려 하는 가신과 손을 잡고 아키에 대한 침공을 계획하고 있는 듯했다. 료슌은 쇼군에게 급사를 보내 이 일을 보고했다.

"오우치 히로요의 이와미 슈고를 면직한다."

막부는 곧장 히로요에게 가차 없는 통고를 했고, 더 이상의 배신행위가 계속된다면 막부 군대를 보내겠다고 위협했다. 히로요 역시도 두려웠는지, 혹은 그것도 계산된 것이었는지 그해 여름이 끝나기 전에 아키에 있던 오우치군을 철수시켰다. 빠른 처신으로 막부와의 대립은 잘 해결되었지만 히로요와 요시히로 사이에 감도는 음습한 공기는 이후로 점점 위태롭게 커져만 갔다.

혈육 간의 전쟁

기쿠치씨에 대해 잠시 언급해 두자.

히고기쿠치군(현 구마모토 현 기쿠치 시)에 본거지를 둔 호족으로, 선조는 다자이후의 관리였지만 그 후 가마쿠라 시대에도 그다지 이름을 떨치지 못했다.

기쿠치의 이름이 알려진 것은 '모토히로의 난(元弘の亂)'부터 남북조 시대에 걸쳐서이다. 가마쿠라 막부 멸망의 직접 동인이 된 모토히로의 난, 즉 고다이고 천황(後醍醐天皇)이 막부 토벌을 계획했을 때, 기쿠치 다케도키(菊池武時)는 하카타(博多)에서 친제이(鎭西) 단다이 호죠 히데도키(北條英時)와 싸우다 전사했다.

다케도키의 아들 다케미쓰(武光)는 아버지의 유지를 이어받아 남북조 분열 후에 규슈의 미야가타(남조) 선두에 섰다. 규슈 남조 세력의 핵심인 가네나가 친왕(懷良親王)을 옹립하고 규슈 단다이를 내쫓아 다자이후에 세이세이후까지 두는 등, 화려하게 활약하였다.

이마가와 료슌이 규슈로 내려가 오우치씨 등의 협력을 얻어 다자이후를 탈환한 이후, 기쿠치씨도 점차 쇠락해 갔다. 다케미쓰는 다자이후 함락 후에 치쿠고의 고우라산(高良山)으로 멀리 달아나 이듬해 숨을 거두었다. 다케미쓰의 아들 다케마사(武政)도 그 이듬해에 사망했기 때문에 기쿠치씨의 상속을 이어받은 것은 다케미쓰의 손자 다케토모(武朝)였다. 당시 다케토모의 나이는 열두 살이었다. 다케토모는 히고의 본거지인 기쿠치 성을 굳게 지키며 단다이 군사의 추격을 기다리고 있었다.

야마구치의 오우치 히로요가 아키국에 침입한 것은, 이마가와 료슌이 여세를 몰아 단번에 다케토모를 토벌하고자 히고로 군사를 몰고 가려 했을 때였다. 막부의 힐책을 받아 이와미국의 슈고직을 내놓은 히로요가 병사를 물렸기 때문에 이때는 큰 사건으로 이어지지 않고 끝이 났다. 료슌은 당장 기쿠치 토벌을 위해 병사를 출격시켰다. 이후 단다이군과 기쿠치를 주력으로 하는 남조 사이의 교전은 각지에서 펼쳐졌다.

치쿠젠을 떠난 단다이군은 먼저 치쿠고에 숨은 남조 세력을 패주시키면서 히고로 진격했다. 히고는 북으로는 분고(豊後), 치쿠고, 동으로는 휴가(日向), 남으로는 사쓰마(薩摩), 오스미(大隅)와 접하고 있었다. 다케미쓰 시대부터 세력을 확장한 기쿠치에 위협을 느끼고 있던 오토모씨는 스스로를 지키기 위해서라도 실로 열심히 싸웠다. 또 작은 세력이었지만 요시히로가 이끄는 오우치군의 분투도 훌륭했다.

수세에 몰린 기쿠치군은 그래도 도중에 여러 번 단다이군을 요격했지만 조금씩 밀리기 시작하더니 결국 기쿠치 본성과 지성에 틀어박혀 필사적으로 항전했다.

기쿠치의 본성은 기쿠치 강변의 평야를 일망할 수 있는 작은 산에 위치하여, 산기슭에는 와이후(隈府)라 불리는 시가지가 펼쳐져 있었다. 기쿠치 다케토모는 그 본성에 진을 두고 있었지만 세이세이(征西)쇼군(가네나가 친왕에서 요시나리 친황(良成親王)으로 바뀌어 있었다)은 다카토리 성(鷹取城)에 있었다. 다카토리 성은 진두에서 벗어나 있었기 때문에 만일의 경우에는 퇴로까지 확보할 수 있는 안전한 장소였다. 세이세이쇼군은 그저 이름만 쇼군일 뿐이었다. 때문에 규슈 단다이가 이끄는 대군은 다카토리 성을 무시하고 먼저 기쿠치 성과 그 지성인 구마베(隈部), 기노 성(木野城)을 포위했다.

역시 용맹함을 자랑하던 기쿠치씨의 본거지는 달랐다. 단다이군은 어떻게 공격해야 좋을지 몰랐다. 료슌은 장기전을 각오했다. 서서히 포위망을 좁혀 마지막 총공격을 가한 것은 여러 해가 지난 후인 고우와(弘和) 원년(1381년) 봄의 일이다. 장기간의 싸움에 지친 기쿠치군은 결국 패하고, 성을 잃은 다케토모는 야쓰시로(八代)로 물러났다. 세이세이쇼군을 맞이한 것은 기쿠치의 일족 우토(宇土)씨였다.

료슌은 십 년 후에 야쓰시로를 침공했다. 어쨌든 기쿠치씨가 다시 남조에서 활약하는 일은 없었다. 다케토모가 기쿠치군으로 돌아간 것은 남북조 통일 후였다. 급속하게 쇠락하여 전국 시대에 이르러서는 오토모씨에게 멸망당하였다.

　그런데 이마가와 료슌이 히고에서 기쿠치씨를 공격하고 있을 무렵, 오우치 요시히로에게는 또 다른 변수가 일어나고 있었다.

　요시히로에게 있어서는 불쾌하기 짝이 없는 소동이었다. 처음에는 귀를 의심했을 정도였다. 오우치 사부로가 돌연 병사를 일으켜 나가토국의 슈고를 죽이고 사카리야마 성(榮山城)을 함락시켜 요시히로에 대한 반기를 들고 있다는 것이었다. 요시히로보다 세 살 아래인 동생 사부로는 나중에 미쓰히로(滿弘)라 불리는 인물이다. 고랴쿠(康曆) 2년(1380년), 당시 그의 나이 22세였다.

　역시 마가 들었다고 할 수밖에 없다. 형 요시히로를 대신하여 오우치가를 상속할 수 있을지도 모른다는 야심을 갖게 한 것은 아버지 히로요의 탓이다.

　'대체 무슨 일인가!'

　요시히로는 히고의 전장에서 이 소식을 듣고 탄식했다. 귀여워하던 동생이 칼을 들이대고 있는 것이다. 어차피 당랑지부에 지나지 않을 것이다. 요시히로의 배후에는 규슈 단다이 이마가와 료슌이 있다. 나아가서는 무로마치 막부의 강대한 권력이 지금의 요시히로를 지지하고 있다. 노엽기보다는 딱하다는 생각이 들었다. 그러나 사부로보다 오히려 더 애처로웠던 것은 그의 뒤에서 조종하고 있는 아버지 히로요였다.

　규슈 통일도 거의 완성되어 가고, 막부의 위령이 차차 천하에 두루 미치고 있는 현실을 히로요는 어떻게 보고 있을까. 스오국의 재청관에 지나지 않았던 오우치씨가 보쵸(防長, 스오와 나가토)의 지배자에 오르고, 남북조 쟁란의 시류에 편승하여 비약의 기회를 잡을 수 있었던 것은 바로 히로요 덕분이었다. 그러나 변화무쌍한 정계의 상황을 기민하게 인식하면서 일족의 새로운 삶의 방식을 책정할 만한 기량이 히로요에게는 없었다.

히로요는 이미 확립되어 있는 무로마치 막부의 권위와 관계를 맺어 오우치씨의 안태와 발전의 구실을 찾으려 하는, 전형적인 슈고 다이묘의 길을 걸어가려 했다.

히로요는 그 누구에게도 기대지 않고 온전히 자력으로만 모든 길을 개척한 지방 호족으로서 자신의 길을 걷고 있었다. 변경의 토박이 무장다운 태도도 하나의 삶의 방식이기는 했지만, 요시히로의 눈에는 기개와 도량이 부족해 보였다. 부자의 관계는 점차 꼬여만 갔다.

"아버지는 어찌하고 계신가."

요시히로는 변보를 가져온 나가토의 급사에게 물었다. 히로요는 아무것도 개의치 않고 야마구치 야카타에 앉아 있다고 한다.

이마가와 료슌이나 요시히로에 대해 누구보다도 격한 증오를 품고 있는 것은 히로요였다. 그런 아버지에 비하면 요시히로는 나이가 들어감에 따라 점점 영리한 자질을 보이고 있었다. 그는 료슌에 대한 아버지의 기분이나, 또 일부러 불리한 방

향으로 가려 하는 아버지의 입장을 이해하고도 있었다. 그리고 료슌과의 불화 이상으로 히로요를 고독하게 만든 것은 아들의 마음이 자신에게서 떨어져 나가 버린 것 때문이라는 것을 잘 알고 있었다. 히로요가 결국 요시히로가 아닌 동생 사부로에게 대를 잇게 하려고 마음을 먹은 것은 어쩌면 자연스러운 일이었는지도 모른다.

아키국 침입을 문책한 막부는 히로요로부터 이와미국의 슈고직을 박탈했을 뿐만 아니라 요시히로에게 나가토와 부젠의 슈고를 명했다. 그것도 료슌이 준비한 결과였겠지만 정신을 차리고 보니 히로요는 고작 스오의 슈고직을 지키고 있을 뿐이었다. 지금까지 고생하여 고토씨를 토벌하고 나가토국을 평정한 자신은 정작 돌보지 않고 그 나라의 슈고직을 요시히로에게 부여한 막부의 처사에 히로요는 무어라 표현할 수 없는 분노를 느꼈음에 틀림없었다.

'요시히로는 네 아들이 아닌가.' 이런 말을 들어도 히로요는 석연치 않을 것이다. 이제 남은 것은 이해관계가 얽힌 차가운 대립뿐이었다.

규슈 단다이 휘하에서 싸우던 요시히로는 부젠과 나가토에 슈고다이(守護代, 슈고가 중앙 정무 등으로 자리를 비울 때 대신 일을 맡아보는 유력 무사)를 두었다. 그 나가토 슈고다이를 동생인 사부로가 습격하여 사카리야마 성을 점령하고 있다. 영맹한 아버지의 뜻을 요시히로는 느끼고 있었다.

사카리야마 성은 나가토 고쿠후(쵸후)와 가까웠고, 바닷가 구릉에 위치하고 있다. '사카리야마'의 한자 '榮山'을 '佐加利山', '盛山'이라고도 쓴다. 현재의 시모노세키 시 쵸후쵸 에게(江下) 서쪽의 구릉이 바로 사카리야마가 아닌가 추정된다. 일찍이 호죠(北條)씨의 잔당이 거처했던 곳으로 그 바로 옆을 산요도(山陽道)가 달리고 있었다. 이곳을 적에게 허락한다면 규슈와 본토를 잇는 육상의 통로는 막히고 만다. 단다이의 입장에서는 후방을 교란당하는 느낌이 들 것이다.

"자네의 동생이건 아니건, 토벌 외에는 방도가 없다."

료슌은 말했다. 그리고 나카아키의 군사를 요시히로에게 주고는 사카리야마 성을 공격하게 했다.

어린 시절, 요시히로와 사부로는 사이좋은 형제였다. 이른 봄 멀리 산들로 둘러싸인 오우치 오호리의 들판을 두 사람이 달리며 놀던 일이 선명하게 떠올랐다. 다른 동생들이 아직 어렸기 때문에 요시히로와 함께했던 것은 오로지 사부로였다. 언젠가는 동생에게 의지할 수 있을 거라 생각했는데, 지금은 그런 동생과 싸워야만 한다. 요시히로는 아버지 히로요가 참으로 원망스러웠다.

이 사카리야마 성은 오우치씨의 내분과 관련이 깊은 성으로, 약 20년 후인 오에이 8년(1401년)에도 형제의 공방으로 피가 흐르게 된다. 말하자면 가장 어린 두 동생들 간의 싸움이 벌어졌는

데, 요시히로의 막내 동생 모리하루(6남)와 히로시게(7남)의 대결이 이곳에서 펼쳐졌던 것이다. 규슈로 나온 모리하루는 다시 해협을 건너 사카리야마 성을 공격했고 히로시게는 여기서 자결했다.

요시히로는 해협을 건너 사카리야마 성을 함락시켰지만 무려 다섯 달이나 시간이 걸렸다. 주요 성중(城衆) 30여 명을 처치한 것은 10월이었다. 사카리야마에 사부로는 없었다. 공방이 시작될 무렵, 사부로는 아키국의 남조 세력과 손을 잡고 병사를 일으켰다. 나아가 이와미국의 마스다(益田)씨 등과도 공모하여 함께 반기를 들었다. 이는 사부로 혼자 할 수 있는 일이 아니었다. 히로요가 은밀하게 지시하고 있음이 분명했지만 그는 결코 겉으로는 나서려고 하지 않았다.

아키에서 벌어진 전투는 나이군(內郡)에서 반복되었다. 사태의 심각성을 파악한 막부는 근방의 친막부적인 호족들에게 요시히로를 지원하라고 명령했다. 때문에 반란군은 완패하고 패주하고 말았다.

이와미는 쩔쩔매었다. 일진일퇴의 싸움은 일 년 정도 이어졌지만 결국 막부의 설득으로 쌍방 모두 기를 내렸다. 사카리야마 성 함락 직후 오우치 히로요가 병사했고 오우치가의 내분이 급속하게 식었기 때문이었다. 배후가 사라진 것이다.

한때는 멀리하고 싶었던 아버지였지만 막상 세상을 뜨고 나니 그립기도 했다. 동생과는 창을 맞대고 싸우기까지 했으나 아버지와는 그러한 일이 없었던 게 그나마 다행이라고 요시히로는 생각했다. 서로 맞섰던 동생 사부로는 히로요가 사망한 뒤에는 마치 마귀가 떨어져 나간 사람처럼 초연한 모습으로 야마구치로 돌아왔다. 요시히로도 더는 그를 공격하지 않았다.

요시히로가 호주의 자리에 앉음으로써 오우치씨는 비약의 기회를 얻을 수 있었다.

야마구치에서 새로운 체제를 구축하자마자 요시히로는 다시 규슈로 출진했다. 사부로도 동행했다. 사부로는 쇼군 요시미쓰로부터 한 글자를 수여받아 미쓰히로(滿弘)라고 개명하고 새로이 이와미국 슈고에 임명되었다. 일찍이 요시히로가 기대하고 있던 대로 그 이후 미쓰히로는 오우치 세력의 일익을 담당하며 활약했다. 요시히로의 한쪽 팔이 되었고, 단다이 이마가와 료슌에게도 신임을 얻어 규슈 각지에서 전쟁을 하고 다니다 요시히로보다 일찍 세상을 떠났다. 16년 후인 오에이 4년(1397년), 치쿠젠 핫타(八田)에서 쇼니씨와 싸우다 전사하기까지 문자 그대로 전장의 인생을 보낸 것이다. 오우치가에 태어난 남자들의 그러한 숙명은 요시히로를 포함하여 여덟 명의 형제들 모두 마찬가지였다.

광야의 꿈

여인을 맞이하다

겐츄(元中) 원년(시토쿠至德 원년, 1384년) 봄의 일이다.

요시히로는 야마구치 오우치 야카타에서 미쓰히메를 맞아들였다. 규슈 전장에서 이마가와 료슌의 소개로 그의 동생 나카아키의 딸을 아내로 맞기로 한 이후, 벌써 8년이 지났다. 시간의 흐름이란 믿을 수 없을 만큼 빠르다. 한숨 돌릴 틈도 없이 전쟁으로 세월을 보냈다.

쇼니·기쿠치씨와 격투하는 가운데 아버지 히로요, 동생 미쓰히로와 싸움을 하고 이어서 아버지가 돌아가시고 동생과 화해하고……. 정신을 차리고 보니 요시히로는 스물아홉이 되어 있었다.

미쓰히메로부터 대여섯 번의 편지가 왔고 요시히로도 회신을 써서 보내기도 했다. 그녀의 편지는 누군가가 시켜 쓴 것인 양, 의례적인 문구가 나열되어 있을 뿐이었다. 그것은 요시히로도 마찬가지였다. 어차피 주변 사람들이 마음대로 정한 연담이기에 처음부터 두 사람이 서로 끌릴 이유는 없었던 것이다. 그러나 희한하게도 시간이 흐름에 따라 요시히로는 아직 만나 보지 못한 여인의 모습을 멍하니 그려 보는 자신을 느낄 수 있었다.

미쓰히메의 모습은 그가 마음대로 그려 놓은 윤곽에 따라 점차 분명해져 갔고 소중하게 자리 잡아 갔다. 어쩌면 그는 환영을 사랑했는지도 몰랐다. 그래서인지 미쓰히메가 야마구치로 오는 날이 점점 다가옴에 따라 얼마간 불안감에 사로잡히기도 했다.

"지금까지 그려오던 얼굴과 아주 다른 사람이 나타나면 곤란한데……."

요시히로는 히라이 미치스케에게 말했다. 규슈에서 전쟁을 치른 이래, 젊은 무사 요시히로의 그림자처럼 따라다녔던 미치스케는 벌써 마흔둘이었다. 요시히로는 아버지를 대할 때처럼 미치스케에게 친밀감을 느끼고 있었고 무슨 일이든 거리낌 없이 상의할 수 있었다.

"아무튼 다들 미인이라고 하니, 상상과 다르다 하더라도 기대할 만하지 않습니까."

미치스케는 대수롭지 않은 듯 웃었다.

열두 살의 소녀라고 생각하고 있었던 미쓰히메는 이미 스무 살이 되어 있었다. 그 미쓰히메가 탄 배가 미타지리에 도착하기 바로 전날, 료슌이 보낸 사자가 야마구치에 도착했다.

"고려에서 금구(禁寇) 건을 다시 부탁해 왔소. 규슈 해적은 남조 세력과 손잡고 있는 것 같으니, 이에 대해서는 단다이가 직접 엄중하게 감독하겠으나, 세토나이카이의 해적은 오우치씨가 단

속해 주었으면 하오."

일본의 무장 상선단이 조선반도 및 중국연안을 습격하기 시작한 것은 가마쿠라 말기부터로, 남북조 시대에는 몹시 창궐하는 상황이었다. 전란으로 인한 국내의 어지러움이 가져온 결과였다. 북부 규슈, 세토나이카이 연안 어민이나 지방 호족들은 무장을 하고 집단을 만들어 무역활동을 하고 있었지만 종종 해적이 되기도 했다.

'왜구'라는 것은 이들 해적에 대한 조선, 중국 측의 호칭이다. 그리고 왜구의 분포를 시모노세키를 기준으로 동과 서로 나누어 보고 있었다. 시모노세키 서쪽에는 쓰시마, 치쿠젠, 하카타, 히라도 등에 근거지를 둔 해적이 있으며, 동쪽에는 주로 세토나이카이의 보요(防予) 제도, 게이요(藝予) 제도에 근거지를 두었다.

고려는 고랴쿠 원년(1379년)에 규슈 단다이에게 사자를 보내 왜구의 제지, 즉 금구(禁寇)를 요청하였다. 이때 이마가와 료슌은 금은의 주기(酒器), 고려인삼, 호랑이와 표범 가죽 등을 받았다. 몽고의 내습(원나라의 강요로 고려가 군사를 내어 그 연합군이 일본을 공격했을 당시) 때부터 고려의 국력은 쇠락하기 시작했고 왜구의 출몰에 위기를 맞기도 하였다. 때문에 고려의 금구 청원은 절실한 것이었다. 요시히로는 단다이의 사자에게 '노력하겠다'는 답을 전하고 돌려보냈다. 지금은 그럴 여유가 없다는 심정이었다.

8년을 기다려 처음으로 미쓰히메를 대면하게 된 요시히로의 마음은 좀처럼 진정되지 않았다. 사자는 요시히로의 이러한 모습을 다자이후로 돌아가 이마가와 료슌에게 보고할 것이다.

세토나이카이의 해적들에게 금구령을 철저히 전달하려면 경우에 따라서는 병사를 내야 할지도 모른다. 당장 그 임무를 맡을 처지가 아니라는 것만 전해 주면 좋겠다고 요시히로는 생각했다. 당분간은 지금처럼 해적을 떠돌게 내버려 두고 싶은 것이다.

원래 히로요의 시대부터 해적은 오우치씨에게 있어서 중요한 자금원이었다. 세토나이카이에 본거지를 둔 해적들이 해외를 어지럽히고 돌아올 때 반드시 통과해야 하는 첫 관문은 간몬(關門) 해협이다. 또 가미노세키(上關) 해협 역시 세토나이카이의 통로였다. 오우치씨는 이곳에 군선을 두고 관문을 설치하여 해적선을 조사하였다.

해적들이 저항하면 그들 본거지에 군사를 보내 간단히 짓밟는다. 오우치씨가 해적들의 생살여탈 여부를 쥐고 있는 만큼, 해적들은 약탈한 금품 일부를 상납했다. 생전의 오우치 히로요는 교토에 갈 때, 수만 관의 중국 돈과 다량의 중국 물건을 가지고 가서 쇼군을 비롯한 많은 사람들에게 마구 퍼 주었다.

"이런 사람에게 이길 자는 없을 것이다."

부를 자랑하는 오우치씨의 모습을 보고 교토 사람들은 감탄하지 않을 수 없었다. 정규 무역이 없던 시절이었기 때문에 진귀한 물건은 모두 해적들이 바친 것임에 틀림없었다.

규슈의 해적은 오우치씨와는 무관했지만 규슈 단다이에게 있어서는 가만히 보고만 있을 수 없는 존재였다. 아무래도 남조 세력이 자금원을 왜구로부터 구하고 있는 것 같다는 소문이 들리기 시작했기 때문이었다. 만약 그렇다면 고려의 청원과 상관없이 규슈 단다이는 금구에 주력해야만 한다. 그러나 오우치씨의 입장에서 보면 금구 정책은 재원을 잃게 만들 뿐이다.

'당분간은……'

료슌의 추궁으로 움직이게 될 때까지 당분간 해적 제압은 미루어 두자고 요시히로는 생각했다.

"이마가와 님이 지나치게 서두르고 계시는군요."

히라이 미치스케가 고개를 갸웃거렸다.

"단다이의 입장에서는 당연한 일이겠지."

"물론 규슈의 해적 건은 그럴 만하지만, 이렇게 다그치는 건 아무래도 이상합니다."

"무엇이 이상하다는 거지?"

요시히로는 일순간 눈을 번뜩였다. 미치스케가 예사롭지 않은 이야기를 꺼낼 것 같은 기분이 들었기 때문이다.

"금구 정책이 잘 이루어지면 이마가와 님은 고려로부터 상당한 보답을 받지 않겠습니까?"

"그렇겠지."

요시히로는 고개를 끄덕였다. 다자이후에 금구를 청하러 오던 고려의 사자가 수많은 진품을 료슌에게 건네는 것을 미치스케도 목격한 바 있었다. 자신의 눈으로 확인한 것을 이야기하는 데 그

치지 않고 미치스케가 뭔가 다른 생각을 하고 있다고 요시히로
는 생각했다. 두 사람이 이에 대해 말을 주고받고 있을 때, 급보
가 들어왔다.

"미쓰히메 님의 말이 오사바(小鯖)를 지났다고 합니다."

"말이라고?"

요시히로는 미쓰히메가 가마가 아닌 말을 타고 있다는 이야기
를 듣고 다시 물었다.

"분명, 말이라고 하였습니다."

"뭣 때문에 가마를 타지 않았는가?"

"그저 배에서 내리자마자 말을 타시었다고만 들었습니다."

"……."

아내로 맞이할 여인을 위해 특별히 정성을 들여 가마를 준비
했는데, 미쓰히메는 그것을 거부하고 말을 타고 야마구치로 향
하고 있다는 얘기였다.

"미치스케, 나는 이제 처음으로 가마가 아닌 말을 타고 오는
신부를 보게 생겼구나."

요시히로는 쓴웃음을 지어 보였다.

미쓰히메가 미타지리에 도착했을 때는 밤새 내리던 비도 그
치고 서서히 날이 밝아오기 시작했다. 미쓰히메의 행렬이 야마
구치 마을에 들어온 것은 오전 열 시가 지났을 무렵이었다. 요
시히로는 야카타 입구와 가까운 오도노오지까지 나가 일행을

맞이했다.

미치스케를 비롯한 부하들은 예복을 입을 것을 권했지만, 요시히로는 일부러 편한 무사의 복장을 하고 있었다. 가신들도 그에 따랐다. 말을 타고 온 미쓰히메는 쓰개치마도 하지 않았다고 한다. 말을 타기 위해서는 편한 복장을 해야 했을 터. 요시히로는 미쓰히메의 복장에 맞추기 위해 평복을 입을 것을 지시했다.

비가 그친 탓인지 길에는 짙은 봄 안개가 자욱했다. 그 안개 사이로 가벼운 말발굽 소리가 나더니 이윽고 선두에서 그림자가 나타났다.

돌연히 대열에서 나온 말 한 마리가 속도를 내면서 요시히로 쪽으로 달려왔다. 햇빛을 받아 반짝이는 안개를 뒤로하고 말은 조금씩 선명한 모습을 드러냈다.

"아!"

요시히로가 외쳤다. 말을 타고 있는 사람은 여인이었다. 안개가 마치 후광과도 같았다. 요시히로는 웃고 있는 하얀 얼굴을 눈부신 듯 올려다보았다. 그리고 달려가서 와락 끌어안듯이 말에서 여인을 내렸다. 여인의 몸을 팔로 감쌀 때, 땀이 밴 체취가 그의 코를 간지럽혔다. 말에서 내려온 미쓰히메는 두세 걸음 뒷걸음치더니 요시히로 앞에 무릎을 꿇었다.

"잘 와 주었소. 기다리고 있었소."

준비하지도 않은 말이 자연스럽게 입에서 나왔다.

"일부러 마중을 나와 주시다니, 황공합니다."

그렇게 말을 하고는 미쓰히메는 얼굴을 들었다. 젖은 듯 큰 눈동자, 또렷한 목소리였다. 조금은 긴장한 표정이었지만 곧 웃음을 보였다. 통통한 볼은 약간의 홍조를 띠고 있었다.

"자, 일어나시오."

무릎을 꿇고 있던 미쓰히메는 요시히로의 말에 부드러운 몸놀림으로 일어섰다. 암적색의 소박한 통소매 옷을 입고 있었지만 빈틈이 없었다.

거실에서 마주 앉은 후 요시히로는 웃으며 말했다.

"말을 좋아하는가?"

"어릴 때부터 배웠습니다."

"화려한 옷을 입고 가마에 탄 모습을 상상했는데, 의외의 모습이라 좀 놀랐소."

"저는 8년 전부터 오우치가의 사람이 될 거라고 정해져 있었습니다. 그래서……."

"격식을 차릴 필요가 없었다는 것인가?"

"네. 고향을 방문한 뒤 다시 시집으로 돌아오는 기분이었습니다."

이런 말을 주고받으니 예전부터 함께 살던 사이 같고, 떨어져 있다가 오랜만에 재회한 듯한 기분마저 들었다. 이는 미쓰히메의 쾌활한 성격 때문일 것이다.

미쓰히메의 아버지 나카아키가 다자이후에서 야마구치로 도착해 우선 결혼식부터 성대하게 치렀다. 그리고 나카아키는 다시 규슈로 돌아갔다. 금구를 위한 출병 준비로 바쁘다고 했다. 나카아키는 세토나이카이 해적에 대해 손쓸 것을 부탁한 료슌의 지령을 간단히 요시히로에게 전할 뿐, 특별히 강조하지는 않았다. 한동안은 신혼부부가 조용히 지냈으면 좋겠다는 부모의 마음 때문이었을까. 그 이유도 있겠지만, 당시 료슌과 나카아키의 사이가 원만하지 않았던 탓도 있었을 것이다. 어쨌든 나카아키는 식을 치르고 곧장 규슈로 돌아가 버렸다.

"어떠십니까?"

히라이 미치스케가 요시히로에게 장난스러운 말투로 작게 물었다. 상상하던 미쓰히메의 모습과 비교하여 어떠한가, 하는 물음이었다.

"역시 실물이 좋지."

"미쓰히메 님의 빼어난 미모를 보고 가신들은 잘생긴 요시히로 도노와 잘 어울린다고 이야기하고 있습니다. 하루라도 빨리 자식을 보고 싶을 테지요. 노력해 주십시오."

"이놈!"

요시히로는 같이 웃었지만 얼굴을 붉히지 않을 수 없었다.

규슈 단다이

요시히로는 미쓰히메를 '오미쓰(お美津)'라고 불렀다. 가신들은 '오미쓰노 가타(お美津の方)' 혹은 오우치 가문의 관습에 따라 '기타노 오카타사마(北の御方様)'라는 존칭으로 부르기도 했다.

오미쓰는 결혼식이 끝나자, 기다렸다는 듯이 매일 아침 말을 끌고 나가 야카타 밖을 달렸다. 처음에는 야카타 부근을 일주하는 정도였지만, 점차 먼 곳까지 말을 타고 달렸다. 요시히로의 명령에 따라 무사들이 오미쓰를 항시 경호했다. 봄빛이 찬란한 들판의 바람을 가르고 검은 머리를 휘날리며 질주하는 오미쓰를 사람들은 신기한 듯 바라보았다.

"참으로 기운이 좋은 분이시로군."

이와 같은 말이 사람들 사이에서 퍼지고 있다는 사실은 곧 야카타에도 전해졌다.

"집에만 틀어박혀 아무것도 모른 채 나이만 먹는 것은 싫습니다. 야마구치가 어떤 토지인지 직접 확인하고 싶습니다만, 아니 될까요?"

응석을 부리듯 오미쓰가 말했다.

"그것도 나쁘지는 않소만……."

요시히로는 웃음을 보였고, 때때로 오미쓰가 조르면 함께 말을 타기도 했다.

"여기는 무슨 마을입니까?"

어느 날 오미쓰가 요시히로에게 물었다. 넓은 들판 가운데 후시노가와(椎野川) 강물이 반짝이며 흐르고 있었다.

"고이지라고 하는 곳이오. 그리울 연(戀)과 길 로(路) 자를 쓴다오. 옛날에는 넘을 월(越) 자에 길 로 자를 쓰기도 했지만, 언제부턴가 그리운 길이라는 뜻을 가지게 되었소."

"어머나, 그리운 길이라니!"

오미쓰는 요염한 감탄사를 내뱉으며 말을 멈추었다. 한동안 넋을 잃고 연꽃이 가득한 넓디넓은 풍광을 바라보고 있었다.

"이곳은 스오 지방이라오. 나가토국도 아름답고 부젠국도 넓소."

그렇게 말하면서 요시히로는 서쪽으로 눈을 돌렸다. 치쿠젠국이라는 말을 꺼내려 하다가 급히 입을 다물었다. 아버지 히로요는 아키를 노렸지만 요시히로는 오히려 부젠의 영토를 넓혀 치쿠젠까지 가지고 싶다고 은근히 바라고 있었다. 치쿠젠에는 하카타가 있다. 하카타는 일찍이 다이라노 기요모리(平淸盛)의 부친 다이라노 다타모리(平忠盛)가 송과 사무역을 하여 부를 축적한 항구 마을이다. 기요모리도 결국에는 다자이후 다이니(太

宰大貳, 다자이후의 차관급에 해당)가 되어 하카타를 기반으로 일송(日宋)무역에 힘을 쏟았다. 헤이케(平家)의 번영의 기반은 부자 2대가 하카타를 선점한 것에서부터 시작되었다고 해도 좋을 것이다.

송의 국호는 금, 원을 거쳐 명이 되었다. 명의 연안에도 왜구가 출몰하여 피해를 끼쳤기 때문에 고려와 마찬가지로 명의 국왕으로부터 금구 건의를 받은 상태였다. 그러나 명의 경우에는 남조 측의 세이세이후를 교섭 상대로 했기 때문에 규슈 단다이와 직접적인 접촉은 없었다. 남조 세력이 쇠퇴한 지금, 머지않아 규슈 단다이가 개입하게 될 것이다. 이마가와 료슌은 명국과 교역을 계획하고 있는 듯했다. 그는 이미 고려와도 유대관계를 맺고 있었다.

왜구가 노린 것은 식량과 사람이었다. 이미 마쓰우라 당(松浦黨)과 같은 해적들을 지배하던 료슌은 해적들이 데리고 온 사람들을 고려로 송환함으로써 은혜를 베품과 동시에, 한편으로는 교역을 시도했다.

이마가와 료슌이 요시히로에게 세토나이카이의 해적을 시급히 제압하라고 끊임없이 요구하는 것을, '이 정도로 독촉하는 것은 뭔가 이상합니다.' 하고 보통 일이 아니라는 듯이 미치스케가 이야기하는 것은, 료슌이 이미 고려와 무역을 하고 있다는 소문을 염두에 두었기 때문이었다. 포로 송환에 있어서 오우치씨 쪽 사람들은 경호를 맡기도 했다. 료슌이 고려로부터 송환 사례로 꽤 많은 금품을 받고 있다는 풍문도 무성했다. 이에 대해 아무것도 알려주지 않는 료슌의 태도가 요시히로는 불쾌했다.

"자, 돌아가자."

요시히로는 말이 끝나기 무섭게 채찍을 휘둘렀다. 좀 더 달리고 싶었던 오미쓰는 조금은 불만스러웠지만 도리 없이 따랐다.

야카타에 돌아가자 이마가와 료슌이 보낸 사자가 기다리고 있었다. 상의할 것이 있으니 다자이후로 와 달라는 것이었다. 이 부탁을 거절할 수는 없다. 성가시다는 생각도 들었지만 승낙의 답장을 사자에게 전달하고 돌려보낸 뒤, 요시히로는 히라이 미치스케에게 말했다.

"해적 때문이겠지. 어지간히 급한 모양이로군."

"아예 말씀드리면 어떨까요?"

"뭘?"

"단다이와 오우치가 함께 손을 잡고 고려와 무역을 해 보자고 이참에 말씀드려도 좋을 듯 싶습니다."

"그렇기도 하겠군."

요시히로는 잠시 생각에 잠기는 듯하다가, 곧 야마구치를 출발하여 규슈로 건너가기로 하고 미치스케에게 여장을 준비시켰다. 미치스케의 말도 있었지만 요시히로는 다른 일 때문에라도 료슌을 만나고 싶었다. 삼백 명의 기수를 거느리고 다음 날 요시히로는 다자이후로 향했다.

"잘 와 주었소."

이렇게 말하는 료슌의 얼굴은 조금 경직되어 있었다. 단다이의 해적 토벌 명령에 거스르는 태도를 보인 오우치씨를 위압하기 위해 부른 것이었다.

"세토나이카이의 해적은 곧 진정시키도록 하겠습니다."

요시히로가 선수를 쳤다.

"고려에서 여러 번 절실한 청원을 전해 왔소. 요시히로 도노가 힘을 빌려 주지 않으면 내 체면도 서지 않아."

"고려는 금구에 대한 답례로 교역을 제안하였다고 들었습니다만……."

"십 년에 한 번 이루어지는 교역을 제안받은 바는 있네."

"고려가 십 년에 단 한 번의 교역을 원한단 말입니까?"

"그렇소. 그런 교역은 시시해서 말이지……."

"그렇지 않습니다. 거선을 준비해 가면 만만치 않은 교역이 될 수 있습니다."

이야기가 이 정도로 진전되어 있었음을 몰랐던 요시히로는 당황했다. 그리고 그는 자신이 이야기를 꺼내기 전까지 입을 다물고 있던 료슌의 의중을 살피며 물었다.

"제가 고려와 교역하는 것을 도울 수 있도록 해 주시지 않겠습니까?"

"……."

료슌은 대답 대신 가만히 요시히로의 얼굴을 바라보았다.

"아버지가 야마구치에 새로운 본거지를 마련한 이래, 이렇게 저렇게 돈이 드는 곳은 많으나 영지의 연공만으로는 해결하기 힘들어 고심하고 있습니다. 교역으로 조금이나마 수익이 생기면 더할 나위 없이……."

"요시히로 도노."

료슌이 희미한 웃음을 띠며 말했다.

"무언가 착각하고 계신 것은 아닌가? 나는 일개의 규슈 단다이, 모든 일은 교토에 계시는 쇼군의 명에 따라 움직이는 사람이오. 고려와의 일도 내가 독단으로 처리할 수는 없소. 그저 쇼군의 뜻에 따를 뿐이라오. 그런데 지금 바다의 것인지 산의 것인지도 모르는 교역에 개입하게 해 달라고 부탁하는 건 대체 무엇 때문인가?"

"그건……."

말문이 막힌 요시히로를 본 료슌은 갑자기 웃음을 터트렸다.

"규슈 단다이로서 격식에 맞춰 이야기하자면 그렇다는 게요……. 아무튼 세토나이카이 해적들이 아직 돌아다니고 있소. 이들을 제지하고 난 뒤에 다시 이야기합시다."

"약속하셨습니다."

"음……. 하지만 방금 말한 대로, 나는 어디까지나 쇼군의 명령을 받드는 몸. 마음대로 결정할 수 없다는 것만은 명심해 두시오."

"쇼군, 쇼군이라고 몇 번이나 반복하고 계십니다만, 이렇게 규슈를 다스리고 있는 것은 이마가와 님이 아니십니까."

요시히로는 묘한 이야기를 꺼냈다.

"요시히로 도노, 말을 가려 하시게."

료슌은 자신도 모르게 주위를 살폈다. 지금 이 자리에는 두 사람만이 마주앉아 있을 뿐이었기에 요시히로는 말할 수 있었던 것이다. 무심코 입 밖에 낸 것이 아니라 이전부터 혼자 생각해 오던 것을 꺼낸 것뿐이었다.

'쇼군이란 도대체 어떠한 존재일까.' 하는 생각이 들었다. 요시히로는 열여섯에 처음으로 전장을 경험한 뒤, 규슈에서 전쟁을 치르는 동안 절대적 명령권으로 여러 관리들 위를 군림하는 교토의 쇼군의 존재를 털끝만큼도 의심하지 않았다. 쇼군의 명을 받들어 규슈로 내려온 이마가와 료슌 밑에서 정진하는 것만이 오우치씨의 장래를 여는 지름길이라고 믿었다. 그래서 아버지 히로요의 뜻을 거역하면서까지 규슈에 출격한 것이었다.

요시히로뿐만 아니라 료슌은 항상 규슈의 여러 호족들에게 '나는 쇼군의 대리인이다'라고 하며 막부의 권위를 내세웠다. 스스로 선두에 서서 남조 세력과 싸우고 많은 가신을 잃기도 했다. 오로지 쇼군의 명령에 복종하려는 그의 모습에 젊은 요시히로는 감동하기도 했다. 그러나 세월이 흐름에 따라 요시히로의 눈에는 이마가와 료슌이라는 인물이 달리 보이기 시작했다. 쇼군을 전면에 내세워 권력의 사유화를 일삼고 있는 그가, 언젠가는 '규슈의 왕'이랍시고 사적 지배를 강화할 것 같았다. 고려와 교섭하는 데서도 그런 움직임이 보이는 듯했다.

물론 료슌의 희생과 노력, 수완 덕분에 규슈의 남조 세력을 제압할 수 있었다. 쇼군의 이름을 들먹거리며 착실하게 성공을 거두는 가운데 언제부터인가 자신의 야망을 의식하게 되었는지도 모른다. 아버지 히로요가 료슌을 싫어했던 이유는 쇼니 후유스케를 죽였기 때문만이 아니라, 뭔가 다른 낌새를 눈치채고 있었기 때문이라고 요시히로는 생각하기 시작했다.

자수성가한 히로요의 입장에서 보면, 막부라는 거대한 조직을 대할 때 가면을 쓰고 행동하는 료슌을 신뢰하기 힘들었다. 더 나아가 료슌은 쇼군의 권위마저 불손하게 부정하고 있음이 분명했다. 료슌의 이러한 마음을 알아차린 후부터 요시히로는 자신은 누구를 위해 싸워야 하는지에 대해 끊임없이 고민하게 되었다. 그는 역시 스오의 본토박이 호족 가문의 자제였던 것이다.

'이마가와 료슌이나 쇼군을 위해 목숨을 내놓기는 싫다.'

만약 싸워야 한다면 오우치씨를 위해서 싸우고 싶다고 요시히로는 생각했고, 료슌이 야심을 불태우고 있다면 아예 그와 손을 잡고 더 큰 꿈을 실현하는 것도 좋은 일이겠다고 생각했다.

"이마가와 님과 우리 오우치, 게다가 오토모씨가 연합한다면 어디에 견주어도 손색이 없을 것입니다. 고려, 명과 교역하여 부를 축적한다면 규슈는 왕국이 될 것입니다."

"농담치고는 과하군."

료슌은 웃어 넘겼지만, 내심 당황스러웠다.

'이 무슨 당돌한 말인가!'

료순이 보기에 요시히로의 말은 터무니없는 음모였다.

"한동안 야마구치에 머물더니, 요시히로 도노가 무엇에 홀린 것 같소. 농담이라도 그런 말을 할 수 있는 젊음이 부럽소."

"농담이 아니라면요?"

"아니, 농담으로 듣겠소. 나는 쇼군을 위해 일하는 것이 무엇보다 우선이라 생각하오. 그대도 충성을 다하는 것이 좋을 것이오. 이런 이야기를 다른 곳에서 해서는 절대 아니 되오. 뜻하지 않는 봉변을 당하게 될지도 모르는 일이오."

료순은 두려운 듯이 목소리를 죽이며 말했다. 요시히로는 료순의 그런 모습을 처음 보았다. 순간, 료순에 대한 악감정이 피어 오르기 시작했다.

스오周防의 향연

쇼군 아시카가 요시미쓰가 서하(西下)한 것은 고오(康應) 원년 (겐츄元中 6년, 1389년) 3월이었다.

요시히로는 긴장했다. 20여 년 전 아버지 히로요가 처음 교토에 올라간 이후 오우치씨가 교토를 방문한 적은 없었다. 그 사이 대가 바뀌어 요시미쓰가 3대 쇼군에 올랐다. 요시히로는 언젠가 교토에 올라가 쇼군을 뵈려고 생각하고 있었지만 자리를 비울 수 없는 상황이 이어졌다. 차일피일 미루는 사이, 요시미쓰가 직접 서하하게 되었고 그 일정 가운데 스오 방문을 추가하려 한다고 했다.

요시미쓰는 2대 쇼군 요시아키라(義詮)와 그의 몸종 기노요시코(紀良子) 사이에서 태어난 서자로, 남북조 쟁란 가운데 유년기를 보냈다. 네 살 때, 교토에 침입한 남조군에게 쫓겨 겐닌지(健仁寺)로 도망가, 하리마시라하타 성(播磨白旗城)에서 아카마쓰 소쿠유(赤松則祐)의 보살핌을 받았다. 귀경 후, 열 살 때 아시카가 성을 이어받았고, 호소가와 요리유키(細川賴之)가 막부의 관령이 되어 그를 도왔다. 세이타이 쇼군(征夷大將軍, 영외관 무장직 중 하나)에 임명된 것은 그의 나이 열한 살 때의 일이다.

무로마치에 새 저택 '하나노 고쇼(花の御所)'를 짓게 된 것은 에이와 4년(1378년)의 일로, 오우치 요시히로가 이마가와 료슌과 함께 기쿠치 다케토모를 히고에서 공격했을 때였다. 이 무로마치 신저에 요시미쓰가 살기 시작한 것을 계기로 무로마치 막부라고 부르게 되었고, 요시미쓰는 '고쇼사마(御所樣, 주로 조정이나 막부가 하사하는 최고 존칭)'라고도 불렀다. 그 후, 관령 호소가와 요리유키의 강경책에 막부 제 무장이 거세게 반대하여, 요시미쓰는 요리유키를 사누키(讚岐)에 돌려보내고 시바 요시마사(斯波義將)를 관령으로 임명하였다. 이것이 바로 '고랴쿠(康曆)의 정변'이다. 요시미쓰는 내대신, 좌대신으로 승진하면서 점차 조정 내의 실권을 거머쥐게 되었다.

서하 전년인 가케이(嘉慶) 2년(1388년) 봄, 요시미쓰는 기슈(紀州)를 유람했다. 9월에는 스루가(駿河)에 내려가, 슈고 이마가와씨의 야카타에서 후지산을 보며 막부에 반항적인 자세를 보이는 가마쿠라 구보(鎌倉公方, 무로마치 막부의 세이타이 쇼군이 간토 지방 10개 나라에 출장기관으로 설치했던 가마쿠라후鎌倉府의 장관), 아시카가 우지미쓰(足利氏滿)를 위압하였다.

다카우지씨(尊氏)의 자손으로, 요시미쓰의 숙부에 해당하는 모토우지(基氏)의 아들이 바로 우지미쓰이다. 모토우지 이후 대대가 간토 지방을 지배하였는데, 우지미쓰는 이 지방에서 아시카가씨 세력을 안정시키는 임무를 맡았다. 그럼에도 틈만 나면 교토를 노렸다. 고랴쿠의 정변 때에도 이에 편승하여 요시미쓰에 맞서려 했지만 간토 관령 우에스기 노리하루(上杉憲春)가 죽음으로 간하여 단념하고 병사들을 귀환시키기도 했다. 시간이 지나, 이 우지미쓰와 오우치 요시히로는 은밀하게 음모를 꾸민다. 그러나 이에 이르기 전까지, 한동안 요시히로는 쇼군 요시미쓰에 대해 충성을 다하는 슈고로서 활약하게 된다.

요시미쓰가 각지의 순례를 시작한 것은 시토쿠 2년(1385년)부터로, 그해 8월에는 나라(奈良)의 도다이지(東大寺), 고후쿠지(興福寺) 등에 참배했다. 3년 후에는 기슈를 유람하고 스루가에 내려갔으며, 또 이때 아키의 이쓰쿠시마 신사(嚴島神社) 참배, 스오의 오우치씨 방문 등, 규슈까지 돌아볼 일정을 세웠다. 요시미쓰의 목적은 물론 유람은 아니었다. 여러 나라의 정세를 시찰하고 쇼군으로서 위엄을 세우려는 정치적 의도하에 이러한 계획을 실행에 옮긴 것이다.

3월, 백여 척의 배를 준비하여 효고(兵庫) 항을 출발한 요시미쓰는 시바 요시타네(斯波義種, 관령 요시유키義將의 동생), 호소카와 요리모토(細川頼元, 전 관령 요리유키頼之의 동생으로 양자), 하타케야마 모토쿠니(畠山基國), 야마나 미쓰유키(山名滿幸) 등, 기라성 같은 중신들의 수행을 받았다. 또한 규슈 단다이 이마가와 료슌도 일단 교토로 불러 함께 수행하도록 명령했다.

가는 길에 요시미쓰는 사누키에 들러 호소카와 요리유키를 불러 함께하도록 했다. 실각한 요리유키를 복귀시키는 것도 여행의 목적 중 하나였다. 이후, 시바 요시마사 관령을 대신하여 호소가와 요리유키가 다시 활약하게 되는데, 새로이 호소가와 요리모토가 그 직을 맡게 되자 호소가와 요리유키도 함께 교토로 올라가게 되었다.

오우치씨는 이 대단한 쇼군 일행을 맞을 준비에 몹시 분주하였다. 요시히로는 이들을 야마구치 본거지로 안내하여 오우치씨의 실력을 보여주고 싶었지만, 쇼군이 해로를 통해 곧장 규슈로 떠난다고 하기에, 하는 수 없이 급하게 미타지리에 거처를 마련하였다.

이쓰쿠시마 신사 참배를 마친 쇼군 요시미쓰의 배가 본토와 오시마군(大島郡)의 해협 '오바타케세토(大畠瀬戸)'에 이른 것은 3월 12일 석양이 바다를 물들일 무렵이었다. 요시히로는 마중을 나가 배를 구다마쓰(下松)로 안내하고, 거처에서 쉬고 있던 쇼군 앞에 무사의 예복을 갖추어 입고 나가 환영 인사를 하였다. 요시미쓰는 32세로 요시히로보다 두 살 아래였지만 뚱뚱하게 살찐 몸을 기대고 앉아 팔을 괸 채, 여유롭게 말했다.

"마중 나오느라 수고가 많았소."

'이 자가 쇼군이란 말인가.'

요시히로는 요시미쓰의 거만한 태도에 약간은 불쾌했지만 고개를 들고 정면으로 상대를 바라보았다. 쏘아보는 듯한 요시미쓰의 시선과 마주쳤다. 요시히로는 숨을 죽였지만 시선을 피하지는 않았다.

날이 저물었기에 쇼군의 숙소 주변에 커다란 화톳불을 피우고는 경호 병사들을 배치했다. 큰 방에 세워 둔 어마어마한 촛대는 방 안을 한낮처럼 밝히고 있었다.

"먼저 쇼군께서 무사히 도착하신 것을 감축드립니다……."

요시히로가 인사하며 신호를 보내자 미모의 시동(侍童)이 산보(三方, 네모난 나무 쟁반에 앞과 좌우에 구멍이 난 굽이 달린 것. 신불·귀인에게 물건을 올리거나 의식 때 물건을 얹음)에 놓인 황금 검을 양손으로 공손하게 높이 받들며 들어왔다.

"이쪽으로."

쇼군의 명령에 따라 시중드는 사람이 그것을 받아 무릎 앞까지 가져왔다.

"훌륭하군."

요시미쓰는 빛에 반사되어 반짝반짝 빛나는 검을 잠시 들어 올리더니 다시 산보 위에 올려놓았다. 전혀 흥미가 없는 듯 보이기도 했다. 쇼군에 대한 헌상품치고는 그다지 진귀하지 않았는지도 모른다.

"오우치 도노의 활약은 규슈 단다이로부터 소상히 들은 바 있소."

요시미쓰는 이마가와 료슌을 보며 가볍게 고개를 끄덕였다.

"앞으로도 계속 힘을 빌려 주시겠지요."

이렇게 말하면서 다시 날카로운 시선을 요시히로에게 보냈다. 정중하게 고개를 숙인 요시히로는 화제를 바꾸려고 했다.

"이곳은 임시 거처로, 내일 쇼군께서는 다시 미타지리로 이동하시어 미리 준비해 둔 야카타에서 편히 쉬시는 것이 좋을 듯합니다."

"미타지리라고?"

요시미쓰는 다시 료슌을 보았다.

"스오의 고쿠후 남쪽에 있는 곳입니다."

즉시 료슌이 답했다.

"다카하마(高浜)라는 해변에 마련한 야카타는 소박하지만 소나무와 바다를 감상하기에는 적절한 장소라 생각합니다."

"그러한가……."

요시미쓰의 무뚝뚝한 대답에는 시골 다이묘가 준비한 것을 업신여기는 심정이 노골적으로 드러나 있었다.

다음 날인 13일, 요시히로의 안내로 쇼군의 배가 미타지리에 도착했다. 야카타에 들어간 일행은 무의식중에 탄식의 소리를 높였다. 영내에서 목수 백 명을 불러 밤낮을 가리지 않고 두 달 동안 만들게 한 그 야카타는 모두 노송나무로 지어져 있었다. 돈대에 위치한 야카타에서는 백사장과 푸른 소나무의 해변, 그리고 군청색의 세토나이카이를 한눈에 바라볼 수 있었다.

"못이 좋구나."

요시미쓰는 기분이 좋은 듯 밖을 가리키며 나무 향이 가득한 방 안에서 보이는 풍경을 칭찬하였다.

"바닷물이 뭍으로 휘어 들어오기에 그것을 막아 만든 것입니다. 시골 촌놈의 조악한 취미에 불과합니다."

"오, 나를 위해 이 못을 만든 것인가."

"그렇습니다."

"송원과 바다를 배경으로 삼은 더없이 훌륭한 정원이구나."

요시미쓰는 만족스럽게 고개를 끄덕이며 한층 온화해진 눈으로 요시히로를 보았다.

"쇼군께 새로이 헌상할 물건이 있습니다. 받아 주시겠습니까?"

"아직 내게 줄 것이 남아 있는가?"

"이쪽으로."

요시히로가 뒤를 돌아보며 말하자 가신 여러 명이 견사로 짠 갑옷과 칼을 가지고 왔다. 뿐만 아니라 별도의 헌상목록도 준비해 왔다. 또한 수행 중신들에게도 각각 선물하였다.

밤에는 전날보다 훨씬 큰 연회를 마련했다. 세토나이카이에서 얻은 신선한 어패류를 담은 큰 접시들이 손님 앞에 가득 놓였다. 이 어마어마한 자리는 쇼군에게도 의외였던 모양이다. 쇼군의 표정은 웃음으로 가득했고 이윽고 마음을 터놓는 듯한 모습을 보이기 시작했다.

"오우치 도노는 야마구치에 서쪽의 교토를 만들었다고 들었는데, 나도 한번 가 보고 싶소."

"꼭 찾아 주십시오."

"어떤가, 나와 함께 교토로 가지 않겠소?"

갑자기 요시미쓰가 말을 꺼냈다.

"교토, 말씀이십니까?"

요시히로는 그만 큰소리로 되묻고 말았다.

"당분간 교토에서 지내보는 것도 좋을 것이오. 서쪽의 교토를 만들고 싶다면 실제 교토를 보아야 가능한 법이지."

"아버지께서는 이전에 교토에 올라간 적이 있습니다. 저도 진작부터 한번은 인사드리러 가려 했으나……."

"여유가 없었던 모양이로군."

"규슈 정세가 조금 안정되면 자리를 비워도 괜찮을 거라고 생각은 하고 있었습니다."

이렇게 말하면서 요시히로는 쇼군의 옆에 바르게 앉은 이마가와 료슌을 흘끗 보았다. 료슌은 이전부터 교토의 여러 소식을 요시히로에게 알려 주면서도 상경을 권유하지는 않았다. 마치 미끼를 던지듯 풍아한 교토의 이야기를 꺼내며 마음만 들뜨게 만들었다.

그리고 '언젠가 나와 함께 교토에 가서……'라고만 할 뿐, 결코 요시히로 혼자 교토에 보내려 하지 않았다. 요시히로의 입장에서 본다면 남조 세력의 움직임이 신경 쓰이는 부분도 있었다. 또 특별히 상경할 마음도 없었던 것이 사실이다. 그러나 료슌은 '쇼군을 위해서', '오우치 도노의 활약은 쇼군의 귀에도 반드시 전해지고 있다'고 말하며 쇼군의 존재를 강조하면서도 요시히로에게는 교토 근처에도 못 가게 했다. 그런 기색은 지금까지도 여러 번 있었다.

쇼군의 입에서 교토로 올라오라는 말을 직접 들은 요시히로는 당장 그렇게 하고 싶어졌다. 돌이켜 생각해 보니, 오랫동안 교토에 대한 동경을 마음속에 품고 있었던 것 같다. 말하자면 료슌 때문에 무의식적으로 상경에 대한 희망을 억누르고 있었던 것인지도 모른다.

'이마가와 료슌은 왜 쇼군 가까이에 가지 못하게 했을까.'

요시히로는 잠시 자문해 보았다. 납득할 만한 이유가 있기도 했다.

쇼군의 이번 스오 행차에 대한 오우치씨의 환대는 료슌에게도 의외의 일로 비추어진 모양이었다. 놀라는 표정 뒤에 알 수 없는 불쾌함이 숨어 있다는 것을 요시히로도 느끼고 있었다. 요시히로는 쇼군을 어떤 정도로 맞이할 것인지에 대해 료슌과 상의할 필요가 있었던 것이다. 만약 상의를 했다면 료슌은 '급하게 정해진 일이고 하루이틀 정도의 체재이니 그다지 준비할 필요는 없을 것이오.' 하고 답했을 것이다.

요시히로는 독자적인 판단으로 쇼군을 접대했다. 다소 요란하고 급하게 준비한 면도 있었다. 요시히로가 열여섯에 첫 전장을 경험한 이후, 그를 물심양면으로 이끈 사람은 바로 료슌이었다. 그러나 료슌은 자신의 품에서 요시히로가 이제는 완전히 독립한 것처럼 느껴졌다. 자신이 아무리 규슈 단다이라 하더라도 오우치씨를 마음대로 부릴 수 없는 상황이 되었다는 걸 인정하지 않을 수 없었다.

규슈 단다이 이마가와 료슌은 쇼군의 위엄을 앞세워 규슈에서 자신의 기반을 넓혀 왔다. 고려왕과 교섭하는 일만 하더라도 료슌이 독단적으로 결정해 왔다. 이에 대해 요시히로가 반발하는 것을 모를 리 없었다.

"규슈 통치는 이마가와 도노가 충분히 잘해 주고 있소. 남조가 문제를 일으킨다고 해도 크게 신경 쓰지 않아도 될 것이오. 오우치 도노가 교토로 올라와도 걱정할 일은 없을 듯한데, 어떻소?"

요시미쓰는 료슌에게 웃어 보였다.

"지당하신 말씀입니다. 오우치 도노는 쇼군의 뜻을 받들어 상경하도록 하시게."

료슌은 조금 경직된 얼굴로 말했다.

"그렇게 하시지."

썩 기분이 좋아진 요시미쓰는 요시히로의 답을 재촉했다. 주변의 시선이 한순간에 요시히로에게 쏟아졌다.

"그렇다면 말씀에 따라 교토로 돌아가실 때 저도 함께 가도록 하겠습니다."

요시히로는 료슌을 한 번 바라보고, 눈을 다시 쇼군에게 돌리며 공손하게 답했다.

—오우치 요시히로의 상경

앉아 있는 사람들 사이로 바람처럼 웅성거림이 퍼져 나갔다.

아버지 오우치 히로요가 쇼군에게 인사하기 위해 상경한 것과는 사정이 매우 다르다. 요시히로의 경우, 쇼군이 직접 명하여 교토로 가게 된 것이다. 게다가 당분간은 교토에 체재하도록 권유하기까지 했다. 지금까지 시골 호족으로 비쳤던 오우치씨가 유력 슈고 다이묘들과 나란히 수도에 입성하는 것이다. 이로써 쇼군의 측근이 새롭게 한 명 더 늘게 된 셈이다.

쇼군 요시미쓰가 요시히로를 교토로 데려가는 이유는 그저 그가 마음에 들어서만은 아니었다. 쇼군이 어떤 목적을 가지고 요시히로를 교토에 불렀다는 것은 얼마 지나지 않아 밝혀지게 되었다.

연회가 끝난 뒤 료슌은 요시히로와 둘만 남을 기회를 기다렸다가 이야기를 꺼냈다.

"잘 결심했소."

"모두 그렇게 말씀하시지만, 정말 잘한 결정일까요."

"그렇게 생각하시면 아니 되오. 이번에 상경하게 된 것은 쉽게 성사된 것이 아니라오."

료슌은 의미 있는 웃음을 보였다.

"무슨 말씀이신지?"

"쇼군은 꽤 사람을 잘 다루시는 분이오."

"저를 어떻게 쓸 생각이실까요."

"교토에 가면 알게 될 테지."

료슌은 말끝을 흐렸다.

"제가 어떻게 쓰일지……, 지금까지 오우치씨는 제 역할을 다해 왔다고 생각합니다. 규슈에서 싸운 것도 모두 막부를 위해서였고 쇼군을 위해서였습니다. 이마가와 님 말씀대로 모두 따랐습니다. 그리고 적지 않은 피도 흘렸습니다."

"비아냥거리는 것이오? 오우치 도노답지 않소."

"아니, 비아냥거리는 것이 아니라……, 교토에 가면 용병술이 좋은 쇼군에게 혹사당할 수 있다고 이마가와 님께서 말씀하신 바도 있지 않습니까."

"만약의 경우를 생각해서 말해 준 것뿐이오. 한 가지 명심해야 할 것이 있소."

"또 있습니까?"

"고자질을 해서는 안 될 것이오. 아무튼 쇼군의 측근이 되면 다른 사람의 여러가지 소문을 가지고 쇼군의 관심을 사려는 자가 있기 마련이오. 바로 그런 자가 화합을 해치곤 하지."

"거듭 명심해 두겠습니다."

요시히로는 유쾌하지 않은 기분을 겉으로 나타내지는 않았다.

"어찌 되었든, 이 몸은 당분간 교토에 갈 수 없게 되었으니 규슈의 시골에서 흙과 함께 늙어 갈 뿐이오."

"설마 그럴 리 있겠습니까. 저는 이마가와 님께서 규슈를 마음에 들어 하신다고 생각하고 있었습니다."

"좋아하지 않는다고 말하지는 않았소."

"그렇기는 합니다만."

요시히로는 이번에는 날카로운 눈으로 료슌을 보았다. 이처럼 불쾌한 인물이었단 말인가, 하고 속으로 생각하며 혀를 찼다.

"저는 다른 일이 있어서……." 하고 얼른 자리에서 일어나려 했다.

"내일 쇼군은 규슈로 이동하신다고 하오. 오우치 도노는 상경 준비도 해야 할 것이니 스오에서 쇼군을 기다리는 것이 좋을 것이오."

이 또한 괜한 지시였다.

"준비는 부하들이 해 줄 것이니, 저도 규슈에 함께 가겠습니다."

"그리 하겠소?"

료슌의 낙담하는 목소리가 등 뒤에서 흘러나왔다. 요시히로는 료슌 앞에서 자리를 비웠다.

쇼군의 배가 미타지리 해변을 떠난 것은 3월 14일 신시(오후 4시경)였다. 그날은 아침부터 바람 한 점 불지 않았다. 겨우 저녁 무렵이 되어서야 약한 동풍이 불기 시작했다.

밤사이 스오국 앞바다를 지나, 다음 날 새벽 시모노세키 해협을 빠져나갈 계획이었지만 미타지리를 나선 후 오도마리(小泊) 근처에서 풍향이 달라졌다. 점차 서풍이 강해지더니 좀처럼 배가 나아가지 않았다.

도리 없이 다시 돌아와 무카에지마(迎島)에서 일박을 했다. 15

일에는 5리 정도 나간 지점인 아카사키(赤崎)에서 큰 풍랑을 만났기에 이와야(岩屋)로 피난하여 그날 밤을 보내야만 했다. 바람과 파도는 점점 거세져 배까지 위태로웠다. 때문에 거룻배로 다지마(田島)에 상륙하여 어부의 집에서 또 하룻밤을 보냈다.

16일 역시 풍파가 거칠었다.

'이런 상황이라면 배로 갈 것이 아니라 육로로 가는 수밖에 없다.'

모두 이렇게 생각했다. 요시미쓰도 같은 생각이었지만 이마가와 료슌만은 그 의견에 반대했다.

"이번 파랑으로 인한 지장을 대수롭지 않게 여겨서는 안 됩니다. 규슈로 건너가는 것을 바라지 않는 하늘의 의지라고 볼 수도 있지요. 이번에는 서하를 단념하시고 교토로 돌아가시는 것이 좋을 듯합니다. 교토에 무슨 일이 일어난 것은 아닌지 염려가 됩니다."

"그런 것일까."

요시미쓰도 일말의 불안을 느끼기 시작한 모양이었다.

"이마가와 도노, 불길한 말을 하는군."

호소가와 요리유키가 미간을 찌푸렸다.

"그런 비방을 각오하고 드리는 말씀입니다. 만약 쇼군께 무슨 일이라도 생기면 어떻게 할 셈입니까?"

료슌이 되물었다. 그런 말을 듣고 보니, 이런 악천후를 헤치고 억지로 쇼군을 규슈로 안내할 특별한 이유는 없었다. 만약 료슌의 말처럼 무슨 일이라도 일어난다면 추궁당할 것이 틀림없었다. 육로를 주장하던 자도 입을 다물고 말았다. 결국 규슈행은 중지되고 귀선하기로 결정되었다.

요시히로는 가만히 입을 다물고 이러한 상황을 지켜보고 있었다. 기분 탓인지 료슌만이 결사적으로 쇼군의 규슈행을 저지하고 있는 것처럼 보였다.

"규슈는 가까운 곳입니다. 앞으로 얼마든지 행차하실 수 있습니다."

요시히로의 싸늘한 눈이 자신을 멀리서 지켜보고 있다는 사실도 전혀 모르는 채, 료슌은 거듭 말을 이어 갔다.

'무언가 규슈에 비밀이 있어.'

요시히로는 최근에 규슈 단다이를 만나러 간 적은 없었지만 쇼군의 서하를 그다지 반기지 않는 료슌의 마음을 알아채고는 있었다.

'역시 그 때문인가.'

문득 어떤 정경이 떠올랐다. 고려왕이 보낸 사자를 료슌이 맞이하던 장면이었다. 사자 뒤에는 금구 처치에 대한 감사의 표시로 선물이 산처럼 쌓여 있었다. 료슌이 그것들을 교토의 쇼군에게 보내고 있다는 사실을, 당시만 하더라도 요시히로는 아직 모르고 있었다.

요시히로는 료슌이 고려와 교역을 꾸미고 있다는 것을 들은 바 있었다. 그것은 쇼군의 대리인으로서, 또는 막부를 위해 하는 일이라기보다, 이마가와 자신을 위한 일이었다. 요시히로는 료슌이 거대한 이익을 독점하고 있다고밖에 여겨지지 않았다. 이런저런 이유로 료슌은 쇼군이 규슈 땅을 밟지 않았으면 하고 생각했던 것이다.

아무것도 모르는 요시미쓰는 료슌의 말에 꾀어 귀경하기로 결정하고 바람이 좋은 날을 기다렸다. 그리하여 18일 가마도노세키(가미노세키上關)를 출발하게 되었다.

26일 효고에 입항하여 다음 날 교토에 도착하였다. 요시히로는 난생 처음으로 수도에 입성하게 되었다. 그는 이로부터 약 십 년밖에 살지 못했다. 그렇지만 요시히로에게 새로운 세계가 갑작스럽게 전개된 것은 바로 이 입성의 순간부터였다.

아시카가 쇼군의 저택 '무로마치도노(室町殿)'는 기타코우지무로마치(北小路室町)에 있었다. 현재의 이마데가와(今出川) 북쪽 가라스마(烏丸)와 무로마치 사이에 남북 2정(町), 동서 1정의 광대한 대지가 바로 쇼군의 저택이었다.

건물은 신덴즈쿠리(寝殿造り, 헤이안 시대 귀족 주택의 건축 양식)이며 여러 곳에서 좋은 나무와 꽃을 가지고 와 꾸몄기 때문에 사철 꽃이 흐드러지게 핀다. 저택을 '가테이(화정, 花亭)', '하나노고쇼(꽃들의 처소, 花の御所)'라고 부르거나, 요시미쓰를 '고쇼사마(御所樣)'라고 존칭하는 것도 이러한 사정 때문이었다.

"에이토쿠 원년에는 천황께서 직접 행차하신 바가 있습니다.

황궁과 비교하시며 이 훌륭한 정취에 놀라셨다 합니다."

안내를 해 주던 구라하시 효에(倉橋兵衛)가 목소리를 약간 낮추며 웃었다.

'에이토구 원년이라 하면 내가 히고의 기쿠치 성을 함락시켰을 때로군.'

요시히로는 성에 틀어박혀 맹렬하게 저항하던 기쿠치군과 힘들게 싸웠던 일을 회상하며, 당시 쇼군은 여기에 계셨던 거로군, 하고 생각에 잠겼다. 료슌으로부터 듣기는 했지만 상상을 초월하는 호화로운 저택이었다. 저택에 빗댄 '고쇼사마'라는 호칭도 일단 그 실제를 확인해 보면 수긍할 수밖에 없다.

요시히로는 둘째 동생 히로마사를 비롯하여 오십여 명과 함께 교토로 올라왔다. 그들은 도도인(東洞院) 거리에 면한 공가를 거처로 삼기로 했다. 넓기는 하지만 낡은 빈집을 고쳐 사용하기로 한 것이다.

쇼군의 명에 따라 관령 호소가와의 부하 일행이 시중을 들어주었다. 그가 바로 구라하시 효에다. 서른 살이 넘은, 성실하고 올곧은 사무라이였다.

머무는 기간이 길어지거나 앞으로 교토에 올 일을 생각하면 거처를 마련해 두는 것이 마땅했다.

교토에 도착한 요시히로는 먼저 교토에 와 있는 쇼군께 인사를 드리러 갔다. 쇼군은 '당분간 천천히 마을을 둘러보는 것이 좋을 것'이라고 냉랭하게 말할 뿐이었다. 역시 쇼군은 여러 귀족들과 만나느라 바쁜 듯이 보였다.

구라하시 효에가 안내해 주어 부하 몇 명과 함께 교토를 구경했다. 마침 벚꽃이 만발하는 시기였다. 사카노우에노 다무라마로(坂上田村麻呂)가 건립했다는 라쿠토(落東)의 기요미즈테라(淸水寺)부터 히가시야마(東山)의 기슭 일대에 이르기까지 흐드러지게 핀 벚꽃은 꿈에서나 볼 수 있을 법한 풍광이었다.

'오미쓰에게도 보여 주었으면.'

아내를 생각하니 요시히로의 마음은 달콤하고도 씁쓸하게 아려 왔다. 그러나 태어나서 처음으로 접하는 수도의 풍경이 그를 곧 흥분에 빠지게 했다.

요시히로가 무엇보다 놀란 것은 마을 그 자체였다. 스자쿠오지(朱雀大路)의 폭은 80다케(약 242m)로, 한없이 넓은 도로가 도시 중앙을 가로지르고 있다. 축제 때는 엄청난 인파가 종일 그 거리를 누빈다고 한다.

'이것이 바로 교토의 모습인가!'

아버지 히로요가 예전에 보았던 수도의 모습이 바로 이것인가, 하고 요시히로는 새삼스레 왕도의 땅이 가지는 화려함에 눈을 빼앗기고 말았다. 분지인 교토는 삼면을 동산, 서북산, 서산이 둘러싸고 있으며 남쪽으로 열린 지세가 야마구치와 꼭 같았다. 히로요가 작은 교토를 구상한 것도 일리가 있었다.

히로요의 뜻을 이은 요시히로가 야마구치를 정비하여 황량했던 분지에는 집들이 겨우 늘어서기 시작했다. 그러나 지금 그의 눈앞에 펼쳐진 수도의 번화함에 비하면 작은 교토라고 말하는 것도 부끄러워질 정도로 야마구치는 볼품이 없다. 남조와의 전쟁에 차출되어 재력의 태반을 쏟고 있었을 때, 쇼군은 눈부시게 화려한 교토에서 호강하며 살고 있었던 것인가, 요시히로는 순간 그런 마음이 들었다.

요시히로는 교토의 거리를 열심히 살펴보면서, 규모는 작지만 오우치씨의 본거지를 서쪽의 교토라는 이름에 걸맞게 야마구치에 만들어야겠다고 절실하게 생각했다. 아버지 히로요도 같은 생각이었을 것이다. 당시에는 어려서 아버지의 흥분된 마음을 충분히 알 수 없었다. 돌이켜 생각해 보니, 야마구치에 본거지를 옮긴 후 히로요는 예전처럼 무조건 전쟁만 고집하지 않았다. 전쟁에서 소비하는 재력을 마을을 만드는 데 쓰고 싶었던 것이다. 이마가와 료슌이 의뢰한 출병에 응하려고 하지 않았던 데는 여러 이유가 있었겠지만, 그중 하나는 출비가 아까웠기 때문이었는지도 모른다.

요시히로는 그런 아버지의 뜻을 반대하며 끝까지 대립하여 규슈의 전장으로 달려 나갔다. 그 후 여러 우여곡절이 있었고 어쨌든 최악의 험악한 상황은 피했지만, 두 사람 사이가 완전히 회복되지 못한 가운데 아버지 히로요는 세상을 떠나고 말았다. 요시히로도 당시에는 숙고한 끝에 결정한 일이었다. 지금 후회해도 소용없다. 단지, 예전에 아버지가 바라보았을 이 교토의 거리를 이렇게 걷고 있자니 아버지의 뜻을 따르지 않은 자식으로서의

슬픔이 차츰 밀려오는 듯했다. 적어도 아버지가 꿈꾸었던 서쪽의 교토를 자신의 손으로 완성하고 싶다는 생각이 간절해졌다.

마을을 만들려면 막대한 자금이 필요하다. 영민들의 세금을 착취한다고 해도 한참 모자랄 것이다. 요시히로는 역시 고려, 명과의 교역을 생각하지 않을 수 없었다. 이마가와 료슌이 그것을 획책하고 있는 듯했지만, 오우치씨의 개입을 일절 허락하지 않고 있다. 어쩌면 쇼군의 지시마저 피하고 싶은지도 모른다.

'이마가와가 규슈 단다이 자리에 있는 한, 도리가 없어.'

요시히로는 예전부터 그렇게 생각하고 있었다.

지금껏 열심히 노력한 대가로 오우치씨가 얻은 것은 무엇인가? 그다지 실속 없는 부젠의 땅과 한낱 장식에 지나지 않는 관위 정도이다.

료슌이 시작하려는 무역 사업에 끼여 한몫 챙기기 위해서는 쇼군과의 사이가 친밀하지 않으면 안 된다. 이번 상경은 다시없을 절호의 기회인 것이다.

'쇼군께서는 사람을 매우 잘 쓰신다'고 한 료슌의 말이 떠올랐다. 요시히로 단독으로 쇼군과 가까워지는 것을 경계한 료슌은 지금까지 묘한 말들을 흘렸지만, 쇼군이 사람을 잘 쓴다는 대목만큼은 의미심장했다. 언젠가 깨닫게 될 것이다, 하는 말투였다. 우선 료슌부터가 사람을 이용할 생각밖에 하지 않는다. 쇼군도 마찬가지겠지. 일부러 교토까지 부른 것은 모두 꿍꿍이속이 있기 때문일 것이다.

'대관절 나를 어떻게 이용하려는 셈일까. 다소 불안하지만 이렇게 된 이상 쇼군의 주변에서 제대로 일해 보자.' 하고 각오를 다졌다. 규슈의 이마가와 료슌이 신경을 곤두세우고 교토의 상황을 지켜보고 있을 것이라 생각하면 수상쩍기도 해서 역으로 뒤통수를 쳐 깜짝 놀라게 해 주고도 싶었다. 그러나 쇼군은 요시히로에게 달리 이렇다 할 이야기를 하지 않았다.

교토에 도착한 지 3개월이 지나고 6개월이 지났다. 그 사이 쇼군과 몇 차례 만나기는 했지만 특별한 이야기는 듣지 못했다. 천천히 시간이 흐르는 일상이 이어지고 있었다. 언젠가 막부로부터 역직을 맡아 달라는 소식이 있을 것이라 기대하고 있었지만, 그러한 일도 없었다.

'시골 스오에서 막 나온 촌놈이 무슨 일을 할 수 있을까. 기껏해야 전장을 누비며 살육의 칼을 휘두르는 정도일까.'

요시히로는 번쩍 정신이 들었다.

"그래! 전쟁이야!"

자신도 모르게 조그만 소리로 외치고 말았다.

전쟁의 낌새가 없는 것도 아니었다.

교토가 아닌 오와리(尾張)에서는 이미 피가 흐르고 있었다. 요시히로가 상경하기 전년인 가케이 2년(1388년) 5월, 오와리국의 새 슈고 도키 미쓰사다(土岐滿貞)가 들어오는 것을 종형제인 아키나오(詮直)가 저지하고 공격했다. 상속을 둘러싼 동족 간의 싸움인 듯했지만, 실제로는 쇼군 요시미쓰가 획책한 일족괴란의 덫이었다.

미노(美濃)·이세(伊勢)·오와리 이 삼국을 관장하고 있던 도키 요리야스(土岐賴康)가 사망한 뒤, 사람들은 당연히 양자 야스유키(康行)가 그 영토를 이어받을 거라고 생각했지만, 요시미쓰는 미노, 이세 두 나라만 야스유키에게 주고, 오와리는 그의 동생인 미쓰사다에게 주었다. 강력한 도키씨의 세력을 약화시키기 위해 분쟁의 씨앗을 뿌렸던 것이다. 요시미쓰의 계략에 말려든 도키씨는 교가타(京方) 미쓰사다와 구니가타(國方) 아키나오로 나뉘어 싸웠고, 나아가 야스유키도 아키나오를 도와 내란에 가담했다.

고오(康應) 원년(1389년) 4월, 요시히로가 교토에 들어온 지 한 달 정도 지났을 무렵이었다. 요시미쓰는 야스유키를 토벌하기 위한 병사를 미노·오와리에 보냈다.

요시히로에게 출병 명령을 내리지 않은 것은 교토에 온 지 얼마 되지 않았기 때문이며, 또한 오십 명 정도에 불과한 오우치 병사들은 그다지 힘이 되지 않을 거라고 판단했기 때문이었다.

"천천히 교토를 둘러보는 것이 좋을 것이오."

요시미쓰가 그렇게 권하기는 했지만, 그 말대로 느긋하게 지내다가는 지금이라도 배반을 당할지 모른다고 요시히로는 단단히 각오하고 있었다. 요시히로의 존재를 잊은 것처럼 쇼군은 아무런 연락도 하지 않았다.

다음 해인 메이토쿠(明德) 원년(1390년) 윤삼월, 도키 야스유키는 토벌군에게 패했다. 미노·오와리·이세 삼국은 도키 요리마스(土岐頼益), 도키 미쓰사다, 니키 미쓰나가(仁木滿長)에게 각각 분배되었다. 이리하여 유력 슈고 도키씨는 해체되고 말았다. 이런 어수선한 움직임이 마무리된 직후 요시히로가 하나노 고쇼에 문안을 드리러 가자 그날따라 요시미쓰는 단둘이 이야기를 나누자고 했다.

"작년, 스오에서 규슈로 이동하려 할 때 악천후로 못 간 것이 매우 유감스럽소. 규슈 단다이가 잘해 주고 있어서 불안하지는 않으나 가까운 시일 내에 다시 가 보고 싶소."

"꼭 그렇게 해 주십시오. 규슈는 방심할 수 없는 곳입니다."

"방심할 수 없다고?"

요시미쓰는 요시히로를 쏘아보았다

"이마가와 도노의 활약으로 남조 세력이 다시 장악하는 일은 없을 거라 생각합니다. 게다가 규슈의 지토(地頭, 조세의 징수와 치안 유지 등을 담당하던 벼슬) 및 무사들에 대한 토지 소유권과 포상 등은 이마가와 도노가 빠짐없이 직접 관리하고 있기 때문에 표창장을 받는 이는 흥분을 감추지 못할 정도입니다. 따라서 그 위력은 이미 충분하다고 할 수 있을 것입니다."

"이마가와가 표창장까지 주고 있다 했는가."

"저도 한 번 받은 적이 있습니다."

"무사들에 대한 표창장 수여는 월권이라고 생각하지 않소?"

"토지 소유권과 각종 포상도 하기 때문에 표창장도 당연하다

여겼습니다만……."

"포상은 몰라도 표창장은 쇼군이 내리는 것이 관례이오."

"이거…… 괜한 말씀을 드린 것 같습니다. 결코 이마가와 도노에 대한 악의가 있어서 이런 말씀을 드린 것은 아닙니다. 문책하지 말아 주소서."

"알겠소. 기회가 되면 이마가와에게 말해 두겠소. 헌데, 조금 전 규슈가 방심할 수 없는 곳이라 했는데 그것은 무슨 뜻이오? 이마가와를 조심하라는 뜻인가?"

"당치도 않는 말씀입니다. 고려와 명에서 종종 사자들이 규슈로 옵니다만, 그 나라들의 움직임에 대해 방심해서는 안 된다는 뜻이었습니다."

"명이 쳐들어온다는 뜻이오?"

"그런 일은 없을 것입니다만, 그래도 명나라의 동향에 대해서는 주의해야 합니다. 그 이유는 이마가와 도노가 잘 알고 있을 터입니다."

"이마가와는 나에게 아무 말도 하지 않았소."

드디어 요시미쓰의 눈이 차갑게 빛나기 시작했다.

명이 공격할 가능성이 있지 않은가, 하고 요시미쓰가 말한 데는 이유가 있었다. 지난 고랴쿠 원년(1379년), 요시미쓰가 명나라 태조에게 보낸 문서가 무례하다며 정벌의 뜻을 밝힌 바 있었고, 다음 해에는 사자가 가지고 간 편지 내용이 신하가 군주에게 올리는 문서의 형식을 갖추지 않았다며 반려된 바 있었다.

대국이라고 자처하는 명은 신하로 복종하는 나라에만 '조공무역'을 허락하는 방침을 취하고 있었다. 따라서 명과 무역을 개시하기 위해서는 명의 속국임을 인정해야만 했다.

당시, 사쓰마의 시마쓰씨가 명과 국교를 맺기 위해 사자를 보낸 바가 있었지만 일본 국왕의 정식 요구가 아닌 사적 요구에는 대응할 수 없다며 상대도 해 주지 않았다. 명은 이미 남조의 쇠락을 알고 있었고 그들이 '일본의 국왕'이라고 여겼던 것은 바로 무로마치 막부의 쇼군이었던 것이다. 즉, 명과의 교역은 요시미쓰의 결단에 달려 있었다. 그리고 이 일을 진행시키는 것은 규슈단다이 이마가와 료슌이 해야 마땅했지만, 그는 쇼군에게 아직 어떠한 보고도 하지 않았던 것이다.

'이런 오만방자한……'

요시히로는 새삼스레 료슌에 대해 다시 생각했다.

"명나라에 굴종하는 것은 어떻소?"

요시미쓰는 명의 속국이 되면 쇼군의 권위를 의심받지 않을까 우려하는 듯했다.

"마음으로 굴종하지 않으면 된다고 생각합니다. 명은 형식을 따지고 있을 뿐입니다. 문서나 사자의 형식 정도만 갖추면 되는 것입니다."

요시히로는 교역으로 인한 거대한 이익에 대해 줄줄이 늘어놓았다.

"생각해 보기로 하지."

요시미쓰는 그 자리에서 즉답하지는 않았지만 다시 고개를 갸웃거리며 말했다.

"이마가와는 왜 아무 말도 않았을까."

"이마가와 도노는 명국보다 고려국과 교역하는 것을 먼저 생각하고 있었는지도 모릅니다."

"고려와의 교역은 진행 중인가?"

"고려왕은 금구 조치에 대해 대단히 감사하게 여기고 있습니다. 그 답례로 교역 의향을 밝힌 바 있다고 전해 들었습니다만……."

"나는 아직 자세한 이야기를 듣지 못했소만, 그 일도 이마가와가 직접 진행하고 있는 것이오?"

"남조에 속해 있던 규슈 해적을 진압하고 회유하여 조직화한 것은 누가 뭐라고 해도 이마가와 도노의 공적입니다. 고려국이 먼저 이마가와 도노에게 상담한 것은 당연한 일입니다."

"이마가와에게 말인가."

"이미 이마가와 도노의 이름은 고려국에 널리 알려져 있을 것입니다. 그렇다고 이마가와 도노가 쇼군께 알리지 않고 독단으로 결정하지는 않을 것입니다. 고려국과 있었던 일은 조만간 말씀드리지 않겠습니까?"

요시미쓰의 얼굴색이 점점 창백하게 변해 가는 것을 요시히로는 관찰하고 있었다. 쌓였던 불만이 싹 가시는 기분이었지만 문득 스오에서 료슌이 한 말이 떠오르기도 했다. 바로 고자질을 해서는 안 된다는 말이었다.

그러나 요시히로는 다짐을 받듯이 뻔뻔하게 충고를 하던 료슌에게 강하게 반발하고 있었다. 이제와 새삼 양심의 가책을 느낄 필요도 없었다. 오히려 료슌에 대한 개운치 않던 기분이 깨끗하게 정리되었다는 확신이 솟아올랐다.

요시히로는 '이마가와 료슌을 규슈 단다이 자리에서 내려야 할 것'이라는 무시무시한 생각을 품음과 동시에 료슌 대신 자신이 그 자리에 앉아야겠다는 야망을 품게 되었다. 그 야망은 예전부터 조금씩 길러지고 있었지만 지금 한순간 급작스레 불타올랐다.

요시히로는 태연한 체하며 자리에서 물러났지만, 혼자가 되었을 때는 무서울 정도로 가슴이 떨리는 것을 느낄 수 있었다.

하나노 고쇼에서 나오자 초여름의 밝은 햇살을 받은 쓰키야마(築山, 정원에 돌과 흙 등을 쌓아서 산처럼 만든 곳) 저편에서 구라하시 효에가 나타났다. 기다리고 있었던 모양이었다.

"꽤 오랫동안 말씀을 나누셨군요."

효에는 상기된 요시히로의 얼굴을 들여다보며 말했다. 임시로 안내역을 맡은 사무라이 효에는 요시히로가 교토에 적응한 뒤로는 가끔 얼굴을 마주하는 정도로만 만났다. 하지만 요시히로가 오늘과 같이 쇼군과 만나는 날에는 반드시 모습을 나타내었다. 요시히로의 동정을 살피라는 명을 받았을 것이다.

"쇼군께서 규슈에 대해 여러 가지로 물어보시기에."

요시히로는 효에의 질문을 가볍게 받아 넘겼다. 효에도 더는 묻지 않았다. 끈질기지 않은 구석이 마음에 든다. 요시히로는 효에의 인성에 대해서는 호감을 갖고 있었다.

"오우치 님, 오늘은 조금 드문 자리로 안내하고자 합니다. 같이 가 주실 수 있으신지요."

"어떤 자리이기에?"

"시(詩) 모임이기는 합니다만 그것은 표면적인 것이고, 실제로는 공가(公家)의 연회 같은 것이지요. 미모의 여인들을 불렀으니 한번 보시는 게 어떨지……."

"나 같은 야인이 갈 자리는 아닌 것 같네."

"꼭 모시고 오라는 말씀이 있었습니다."

"허허. 누가 그런……."

"좌대신 산죠(三條)께서는 오우치 히로요 도노가 상경하셨을 때 뵌 적이 있다고 하셨습니다. 그 아들인 요시히로 님을 꼭 만나고 싶어 하십니다."

"음……."

썩 내키지는 않았다. 그렇다고 단호하게 거절할 이유도 없어 결국 효에를 따라 산죠가(三條家)를 방문하게 되었다. 얼마간의 호기심도 작동했을 것이다.

열 명 정도의 귀족들이 내밀하게 모여 정원이 보이는 방에 흩어 앉아 있었다. 서로 시를 읊고 있는 듯했다.

"부군 히로요 도노께서 교토에 오셨을 때에는 대단히 신세를 졌습니다."

산죠 긴후사(三條公房)가 말했다. 시골에서 온 아버지 히로요에게 신세 진 일이란 무엇일까. 아버지가 교토에서 거액의 돈을 뿌렸다고 했는데, 어쩌면 산죠에게도 그 일부가 흘러들어 갔을지도 모른다.

"오우치 도노, 한 수 피로(披露)해 보시지요."

사회를 맡고 있는 듯한 젊은 사람이 부드럽게 말을 건넸다. 시모임에 대해서는 효에로부터 이미 들은 바 있어, 각오는 해 두었다. 효에는 내년 정월 렌가 대회 때에는 요시히로도 출석해야 하기 때문에 지금부터라도 공부를 겸해 이런 분위기에 익숙해질 필요가 있다고 평소에도 말해 주었다.

"그럼, 한 번 웃어 주시지요."

요시히로는 한 수 적어 보였다.

'내 소맷귀가 이토록 젖은 것은, 당신을 만나지 못하는 것이 서러워 매일 울고 있기 때문일까.'

"자, 읽어 주시지요."

요시히로는 부끄러워하면서도 낭랑한 목소리로 자작시 '연가(戀歌)'를 읊었다.

"훌륭하십니다."

누군가 탄식을 섞은 목소리로 말했다. 일동 말없이 고개를 깊이 끄덕이는 것을 보니 마냥 마음에도 없이 겉치레로 하는 말은 아닌 것 같았다. 시골뜨기 다이묘다운 촌스러운 시를 예상하고 속으로 무시하고 있었겠지만 생각지도 못한 유려한 격조의 시에 충격을 받은 모양이었다.

주연이 벌어졌다.

"실례지만, 오우치 도노는 어디서 시를 배우셨는지요."

산죠 긴후사가 조용하게 물었다.

"규슈의 전장 사이사이에 처음 배웠습니다."

"허······ 전장 사이사이에!"

두 사람의 대화를 듣고 있던 주변 사람들이 야단스레 입을 모았다.

"규슈 단다이 이마가와 료슌 도노가 권하셔서······."

"아아, 이마가와 도노께서, 역시."

"오우치 도노는 전장에서도 용맹하시고, 시에도 능숙하시고, 술에도 강하시고, 또한 풍채도 훌륭하십니다. 시골에 묻혀 지내기에는 아까운 분입니다."

모두들 노골적으로 발림 말을 하였다. 기분이 나쁘지는 않았지만 묘하게 낯간지러웠다.

"그런데 무로마치 도노는 종종 만나십니까?"

긴후사가 갑자기 화제를 바꾸었다.

"실은 오늘도 하나노 고쇼에 문안을 드리러 갔습니다."

"또!"

모두 크게 놀라는 것 같았다. 문안에 대해서는 구라하시 효에로부터 들어 이미 알고 있을 터였다. 효에는 요시히로를 산죠 긴후사의 집으로 안내한 이후 사라졌다. 요시히로를 불러들이는 역할을 한 뒤 일찍 돌아간 것인지, 아니면 어딘가에서 연회가 끝나기를 기다리고 있는 것인지 알 수 없었다.

"무로마치 도노께서 특별히 말씀하신 게 있습니까?"

"아닙니다. 제 고향에 대해 이것저것 말씀드린 것 외에는……."

효에에게 답한 것처럼 그렇게 빠져나가면서, 요시히로는 점점 의문이 들기 시작했다.

'이들은 쇼군을 만난 내게서 뭔가를 캐내려 하고 있어.'

"야마나(山名) 도노가 화제에 오르지는 않았습니까?"

한층 낮아진 목소리로 긴후사가 물었다.

"야마나 도노라니요……. 야마나의 야라는 말도 나오지 않았습니다만, 야마나 도노께 무슨 일이라도 생겼습니까?"

긴후사는 당황한 듯이 손을 저으며 "재미없는 이야기는 그만둡시다. 오우치 도노가 쩔쩔매고 있어. 허허허." 하고 억지로 웃었다. 속사정이 있는 모양이었지만 요시히로는 정말 아무것도 몰랐다.

잠시 후, 세 명의 젊은 여인이 연회석으로 들어와 나란히 앉았다. 조금 전 요리를 가지고 온 여자들과는 옷차림부터 달랐다. 모두 신분이 높은 집 규수들 같았지만 긴후사의 딸이라고 보기에는 너무 어렸다.

"이봐, 그냥 앉아 있기만 한다면 눈에 거슬리기만 할 뿐이야."

긴후사가 술에 취한 어조로 말하며, 요시히로 쪽으로 가 보라는 듯이 손짓을 했다. 세 여인은 얌전히 요시히로 앞으로 다가가 먼저 정중하게 머리를 숙였지만 표정은 굳어 있었다.

"이 아이들은 나의 둘째 동생 딸들로, 위로부터 유키(雪), 가쥬(賀壽), 후지(富士)……."

이름이 불리자 상체를 약간 앞으로 숙이며 말없이 요시히로에게 인사를 했다. 기품 있는 여자들이었고 미모도 뛰어났다. 두 여동생의 얼굴은 약간 통통한 편이었지만, 언니 유키히메는 얼굴형이 갸름하고 턱도 약간 뾰족했다. 코는 높고 긴 눈매의 눈은 맑았다. 언젠가 본 고려 미인도에서 막 나온 듯한 용모였다.

'미쓰와 비교해도 지지 않을 정도로 미인이로군.'

요시히로는 순간적으로 생각했다. 유키, 즉 '눈(雪)'이라는 뜻의 이름에 걸맞게 뺨은 투명하게 보일 정도로 희고 살결이 고왔다.

'교토의 여자란 바로 이러한 모습인가!'

요시히로는 체면 따위는 잊고 시선을 유키히메에게 고정시켰다.

취기가 돌자 사람들은 한층 더 수다스러워졌다. 부질없는 남의 소문이나 이야기하는 것이다.

'공가 사람들이 이 모양이라니, 재미없군.'

술에 취하기는 했지만 요시히로는 편안하게 그 분위기를 즐길수 없었다. 게다가 세 여인은 시선을 내리뜨고는 있었지만 요시히로를 관찰하는 것처럼 보였다. 어느 사이에 두 여동생은 자리를 뜨고 없었다. 요시히로가 유키히메만을 바라보는 것이 신경쓰였기 때문일 것이다. 유키히메는 자리에서 일어나는 동생들을살짝 쳐다보았지만, 미소를 머금은 채 가만히 앉아 있었다.

요시히로는 화장실에 가고 싶었다. 유키히메가 일어나 긴 복도를 앞장서서 안내해 주었다.

유키히메의 얇은 비단옷이 복도를 지나면서 가벼운 소리를 일으켰다. 요시히로는 넋을 잃고 '미쓰보다 조금 더 키가 크구나.'하고 생각했다. 일어나서 걸어 보니 꽤 취한 것을 느낄 수 있었다. 볼일을 보고 손을 씻으면서 넓은 정원을 흘끗 바라보니 석양때문에 정원이 암적색으로 붉게 물들어 보였다.

"취한 것 같구나. 정원에서 잠시 바람을 쐬고 싶다. 너는 신경쓰지 말고 안으로 들어가거라."

"아닙니다. 저도 함께 가겠습니다. 혹시 제가 방해가 되는지요?"

유키히메는 처음으로 환한 웃음을 보여주었다.

지나가는 하인에게 신발을 가지고 오게 하여 두 사람은 정원에 깔아 놓은 돌을 따라 샘물이 있는 곳까지 걸었다.

"실례인 줄 알면서도 오우치 도노의 시를 읽었습니다."

"읽을 정도의 것은 아니었을 텐데."

"매우 훌륭했습니다. 무례한 표현이지만 감동받았습니다."

"……."

"야마구치에 계신 분은 틀림없이 아름다운 분이시겠지요. 그 분을 생각하며 시를 지으셨다는 걸 금방 알 수 있었습니다."

"수련은 언제 피는 꽃인가?"

요시히로는 유키히메의 말을 가로막으며 물었다.

"유월이 끝날 무렵입니다."

"그 꽃을 한번 보고 싶구나."

"저희 집에 언제 한번 오셔서 연꽃을 보시지 않겠습니까?"

"자네는 좌대신의 조카이지?"

"오우치 님 댁은 도도인에 있지요? 저희 집도 같은 곳에 있습니다."

"아, 그렇군!"

요시히로는 일부러 놀라는 표정을 지으며 유키히메를 바라보았다. 요시히로의 얼굴을 바라보는 유키히메의 뺨이 붉게 보였던 것은 단지 석양 때문만은 아니었을 것이다.

"이런. 이런 곳에서 사랑을 속삭이다니, 오우치 도노도 보통이 아닐세." 하고 들뜬 목소리가 들려왔다. '세력가 중장(中將)'으로 불리는 초로의 귀족이었다.

"좌대신이 지금부터 에이쿄쿠(郢曲, 중국 춘추 시대 초나라의 서울이던 영郢 땅의 사람들이 부른 노래라는 뜻으로, 비속한 음악을 이르는 말)를 피로한다고 합니다. 오우치 도노에게도 꼭 들려주고 싶어 하십니다."

"잠시 술을 깨러 나와 있었습니다."

요시히로는 겸연쩍어하면서 안으로 들어갔지만, 유키히메는
자리로 돌아오지 않았다.

날이 완전히 저물어 집으로 돌아가려고 하는데, 구라하시 효
에가 나타났다. 역시 저택 어딘가에서 기다리고 있었던 모양이
었다.

"어떠셨습니까. 재미있으셨지요?"

효에가 웃으면서 말했다.

"귀족들에 대해서는 조금 알 수 있었으나, 따분하기도 했다."

"여자는 어떠했습니까?"

요시히로는 유키히메와 이야기를 나눈 것, 그래서 어느 귀족
으로부터 놀림을 받은 것 등에 대해 거나하게 말해 주었다. 효에
는 그자가 호색한으로 가난한 귀족이며, 유키히메를 연모하고
있을 것이라 말했다.

"어떻습니까? 놀러 가 보시지 않겠습니까? 유키히메의 집으로
안내하겠습니다."

진지한 어조로 부추겼다. 효에는 산죠가와 연고가 있어 자주
왕래하는 듯했다.

"유키히메가 연꽃을 보러 오지 않겠느냐고 하기는 했다. 가까
운 곳에 살고 있는 모양이니 언제 한번 가 보도록 하지."

"그건 전혀 어려운 일이 아닙니다. 그분은 예전에 어느 귀족 댁으로 시집을 갔으나 한 달이 채 지나지 않아 남편이 죽어 버렸죠. 가여운 분입니다. 지금은 도도인에 있는 집에 약간의 하인들과 함께 외롭게 지내고 있습니다. 자매 셋 가운데 가장 인품이 좋고 미모도 뛰어나다는……."

"효에, 자랑이 지나치오."

"아이고, 죄송합니다. 그런 게 아니라……."

효에가 몹시 당황하며 부정하는 것을 보니 어쩐지 수상쩍었다.

"농으로 한 소리요. 신경 쓰지 마시게."

요시히로는 웃으며 그의 어깨를 두드렸다.

"그 정도의 미모를 가진 여인이라면 내게 넘긴다 해도 전혀 화가 나지 않소. 정말로 연꽃이 피면 가 보도록 하지. 안내해 주겠소?"

"그거야 물론."

효에는 안심한 듯 답을 건넸다. 그 이후 어떤 속셈인지 효에가 아무 말도 하지 않아, 요시히로는 이 이야기가 흐지부지된 것으로만 알고 있었다.

그런데 유월이 끝나갈 무렵의 어느 저녁, 효에가 유키히메의 집으로 가 보자며 요시히로를 찾아왔다. 막상 가려 하니 어쩐지 겸연쩍어 대답을 망설였지만 결국 요시히로는 움직이기로 했다.

유키히메가 살고 있는 집의 문은 무척 낡아 보였다. 그 문을 지나자 군데군데 잡초가 자라 있는 정원이 나왔다. 손질을 하지 않은 정원은 여름 석양에 비치어 아주 나른하게 보였다. 그러나 넓은 못에는 연꽃이 가득했다. 연붉은 꽃이 일제히 피어 못만큼은 화려하게 느껴졌다.

못 맞은편에 있는 방 역시 얼마간은 썩은 난간에 둘러싸여 있었다. 방으로 들어가 기다리고 있으니 방금 막 머리를 감고 나온 듯 검은 머리카락을 길게 늘어트린 유키히메가 조용히 들어왔다.

"오랫동안 기다렸습니다."

유키히메의 촉촉한 목소리가 요시히로에게는 약간 의외로 느껴졌다. '오랫동안…'이라는 유키의 표현이 도발적으로 들렸기 때문이다.

"꽃이 잘 피어 있구나."

요시히로는 유키히메의 뜨거운 시선을 피하듯이 못 쪽으로 고개를 돌렸다. 끊어질 듯 이어지는 대화가 약 30분 정도 계속되었다. 그러고 나서 안쪽 객실로 안내를 받아 들어가니, 그곳에는 훌륭한 그릇의 술상이 차려져 있었다.

집은 꽤 넓은 데다 전체적으로 약간 어둡고 고요했다. 하인들도 어느 틈엔가 사라지고 남은 것은 두 사람뿐이었다. 언제나 그랬던 것처럼 효에도 모습을 감추었다. 같이 온 요시히로의 부하 몇몇과 함께 멀리 떨어진 방에서 쉬고 있는 듯했다.

"여긴 조용하지요."

"외출은 잘 하지 않는가?"

"은둔자처럼 살고 있습니다. 저에 관한 이야기는 들으셨겠지요?"

"음."

어느새 날은 저물어 방 안이 어두워졌다.

"불을 밝히도록 하겠습니다."

유키히메가 일어서려 하는 것을 "아니, 그냥 두어라." 하고 요시히로는 무릎걸음으로 성큼성큼 다가가 유키히메의 가늘고 흰 손목을 잡았다. 순간, 야마구치에 있는 미쓰의 모습이 스쳤지만, 미쓰를 밀쳐내듯이 유키히메는 가만히 요시히로에게 기대 왔다. 요시히로는 땀에 젖은 유키히메의 몸을 그 강인한 손으로 감싸 안았다.

〈2권에 계속〉

작가 약력

저자 후루카와 가오루(古川薫)

1925년 시모노세키 시(下關市)에서 태어났다. 야마구치대학 교육학부를 졸업한 이후 교원, 신문기자를 거쳐 1970년부터 문필가로 활동하였다. 역사소설, 평전, 사전(史傳)을 주로 집필하였고 현대소설도 발표하였다. 오페라 가수 후지와라 요시에(藤原義江)를 그린『유랑자의 아리아(漂泊者のアリア)』로 1990년 제104회 나오키상(直木賞)을 수상하였고, 서일본문화상, NHK야마구치방송문화상을 수상하였다. 시모노세키 시립 근대선인관(近代先人館) 명예관장이기도 하다. 주요 저서로『화염의 탑(炎の塔)』, 『꽃도 폭풍도(花も嵐も)』,『석양에 서다(斜陽に立つ)』,『류콘로쿠·요시다 쇼인(留魂錄·吉田松陰)』,『패도의 독수리(覇道の鷲)』가 있으며 그 외에 단행본 150여 권을 발표하였다.

역자 조정민

부경대학교 일어일문학과를 졸업하고 일본 규슈대학 비교사회문화연구과에서 석사과정과 박사과정을 마쳤다. 저서로 전후 일본문학이 패전 후 연합국의 일본 점령을 어떻게 기억하였는가를 논한 책『만들어진 점령서사』가 있으며, 역서로 가부장적 가족제도와 군국주의적 천황제의 억압과 통제에 추상적으로 대응하지 않고 자신만의 철학을 분명히 실천했던 가네코 후미코의 옥중수기『나는 나』가 있다. 현재 부산대학교 한국민족문화연구소 HK교수로 재직 중이다.

:: 산지니 · 해피북미디어가 펴낸 큰글씨책 ::

문학

유산(전2권) 박정선 장편소설

신불산(전2권) 안재성 지음

나의 아버지 박판수(전2권) 안재성 지음

나는 장성택입니다(전2권) 정광모 소설집

우리들, 킴(전2권) 황은덕 소설집

거기서, 도란도란(전2권) 이상섭 팩션집
*2018 이주홍문학상 선정도서

폭식광대 권리 소설집

생각하는 사람들(전2권) 정영선 장편소설

삼겹살(전2권) 정형남 장편소설

1980(전2권) 노재열 장편소설

물의 시간(전2권) 정영선 장편소설

나는 나(전2권) 가네코 후미코 옥중수기

토스쿠(전2권) 정광모 장편소설
*2016 세종도서 문학나눔 선정도서

가을의 유머 박정선 장편소설

붉은 등, 닫힌 문, 출구 없음(전2권)
김비 장편소설

편지 정태규 창작집
*2015 세종도서 문학나눔 선정도서

진경산수 정형남 소설집

노루똥 정형남 소설집

유마도(전2권) 강남주 장편소설
*2018 대한출판문화협회 청소년도서

레드 아일랜드(전2권) 김유철 장편소설

화염의 탑(전2권)
후루카와 가오루 지음 | 조정민 옮김

감꽃 떨어질 때(전2권) 정형남 장편소설
*2014 세종도서 문학나눔 선정도서

칼춤(전2권) 김춘복 장편소설

목화-소설 문익점(전2권) 표성흠 장편소설
*2014 세종도서 문학나눔 선정도서

번개와 천둥(전2권) 이규정 장편소설
*2015 부산문화재단 우수도서

밤의 눈(전2권) 조갑상 장편소설
*제28회 만해문학상 수상작

사할린(전5권) 이규정 현장취재 장편소설

테하차피의 달 조갑상 소설집
*2011 이주홍문학상 수상도서

무위능력 김종목 시조집
*2016 부산문화재단 올해의 문학 선정도서

금정산을 보냈다 최영철 시집
*2015 원북원부산 선정도서

인문

효 사상과 불교 도웅스님 지음

지역에서 행복하게 출판하기 강수걸 외 지음

재미있는 사찰이야기 한정갑 지음

귀농, 참 좋다 장병윤 지음

당당한 안녕—죽음을 배우다 이기숙 지음

모녀5세대 이기숙 지음

한 권으로 읽는 중국문화
공봉진 · 이강인 · 조윤경 지음
*2010 문화체육관광부 우수학술도서

차의 책 The Book of Tea
오카쿠라 텐신 지음 | 정천구 옮김

불교(佛敎)와 마음 황정원 지음

논어, 그 일상의 정치(전5권) 정천구 지음

중용, 어울림의 길(전3권) 정천구 지음

맹자, 시대를 찌르다(전5권) 정천구 지음

한비자, 난세의 통치학(전5권) 정천구 지음

대학, 정치를 배우다(전4권) 정천구 지음